KB115729

미국이 적성에
맞는 사람

한국이 적성에
맞는 사람

미국이 적성에 맞는 사람,
한국이 적성에 맞는 사람

발행일   2018년 10월 5일

지은이   신 재 동
펴낸이   손 형 국
펴낸곳   (주)북랩
편집인   선일영   편집   오경진, 권혁신, 최예은, 최승헌, 김경무
디자인   이현수, 김민하, 한수희, 김윤주, 허지혜   제작   박기성, 황동현, 구성우, 정성배
마케팅   김회란, 박진관, 조하라
출판등록   2004. 12. 1(제2012-000051호)
주소   서울시 금천구 가산디지털 1로 168, 우림라이온스밸리 B동 B113, 114호
홈페이지   www.book.co.kr
전화번호   (02)2026-5777   팩스   (02)2026-5747

ISBN   979-11-6299-348-4 03810 (종이책)   979-11-6299-349-1 05810 (전자책)

잘못된 책은 구입한 곳에서 교환해드립니다.
이 책은 저작권법에 따라 보호받는 저작물이므로 무단 전재와 복제를 금합니다.

이 도서의 국립중앙도서관 출판예정도서목록(CIP)은 서지정보유통지원시스템 홈페이지(http://seoji.nl.go.kr)와
국가자료공동목록시스템(http://www.nl.go.kr/kolisnet)에서 이용하실 수 있습니다.
(CIP제어번호 : CIP2018030705)

(주)북랩 성공출판의 파트너

북랩 홈페이지와 패밀리 사이트에서 다양한 출판 솔루션을 만나 보세요!

홈페이지 book.co.kr • **블로그** blog.naver.com/essaybook • **원고모집** book@book.co.kr

신 재 동
에 세 이

Illustrated by Simone Shin

미국이 적성에 맞는 사람

한국이 적성에 맞는 사람

미국에 살지만
한국이 적성에 맞는 사람의
두 나라 이야기

북랩 book Lab

미국에서 한국을 오가며

한국에 사는 한국인과 미국에 사는 한국인은 분명히 같은 한국인이지만, 어딘가 다르다는 생각이 듭니다. 무엇이 다르냐고 묻는다면 꼭 짚어서 말할 수는 없지만, 어딘가 다른 건 사실입니다.

한국과 미국 사이에 이질적인 문화와 정서가 한국인을 변화시키고 있기 때문일 것입니다.

많은 한국인들이 고국을 떠나 미국 이민을 선택했습니다. 이유야 어떻든 떠나온 사람들은 고국을 그리고 고향을 그리워하면서 살아갑니다.

고국, 고향 듣기만 해도 그리움이 넘칩니다. 영원한 그리움, 그게 조국입니다.

과학의 발달로 매일 영상통화에 마음만 먹으면 언제든지 갈 수 있는 게 고국이지만 그래도 그리운 건 어쩔 수 없습니다. 몸은 미국에서 살지만 마음은 한국에 있습니다.

미국에 30년을 넘게 살고 나서야 시민권을 취득했습니다. 남들은 시민권을 받으면서 이름도 미국 이름으로 바꾸는 사람도 있지만, 내가 그토록 늦게야 미국 시민권을 얻게 된 거나 지금까지 한국 이름을 고집하고 있는 까닭은 고국을 그리워하는 마음과 한국인의 정체성 때문입니다.

아무리 미국에 오래 살았어도, 한국에 나가는 날처럼 행복한 날은 없습니다.

아무도 반겨 주는 사람은 없어도 가고 싶은 곳이 한국이고 갈 때면 설레는 것도 사실입니다.

한국 가면 미국이 그립기도 하지만 그래도 가고 싶은 것이 고국입니다.

한국과 미국을 오가면서 허공에 떠다니는 생각들을 모아 글로 적었습니다.

미국에서 반세기를 살면서 겪었던 일들, 느꼈던 일들, 보았던 일들을 글로 모았습니다.

미국에서는 한국인 취급을 받지 않으려고 해도 숙명적으로 한국인으로 살아야 합니다.

그러나 한국에서는 같은 한국인 취급을 받고 싶어도 한국인 취급은 받지 못하고 동포라는 존재로 남아돕니다. 숙명적인 이중 인생에서 자신을 찾아 헤매는 애처로움이 글을 쓰게 합니다.

모든 일이 자기 뜻대로 되지 않는다는 것은 참으로 고마운 일입니다.

일이 마음먹은 대로 이루어진다면 감사의 의미를 잃어버릴 테니까요.

살면서 아름다움이 무엇인지 늘 되새겨 보며 지냅니다.

파사디나 아트 스쿨(Art Center College of Design in Pasadena)에서 삽화를 전공한 딸이 표지와 삽화를 그려 줘서 정말 고맙고 다시 글을 모아 책으로 내게 된 데 대하여 진심으로 감사합니다.

2018년 가을

신재동

차례

PART 1

미국에서

PART 2

한국에서

- - - - - - - - - - -

PART 3

또 다시 미국에서

- - - - - - - - - - - - - - - - - - -

PART 4

또 다시 한국에서

PART 1.

미국에서

허밍버드

Humming Bird, 벌새

　햇살 따가운 오후다. 뒷마당 잔디에 물을 주고 있었다. 수도꼭지에 연결된 호스 끝에 조리가 붙어 있어서 들고 서 있으면 물이 분수처럼 쏟아져 나온다. 잔디밭이 넓지 않아 스프링클러를 틀지 않고 직접 주고 있었다.

　어디서 날아왔는지 목마른 허밍버드가 조리에서 쏟아지는 분수에 기다란 주둥이를 대고 물을 마신다. 엄지손가락만 한 몸통에 두 날개를 어찌나 빨리 흔들어 대는지 눈에 보이지 않을 지경이다. 마치 헬리콥터가 허공을 날다 말고 정지해 있는 것 같다.

물을 다 마셨는지 날아가 버렸다.

나는 물을 골고루 충분히 주기 위해 천천히 움직였다. 날아갔던 허밍버드가 다시 나타났다.

이번에는 내가 움직이지 않고 들고 서 있는 분수에 정지해 있는 헬리콥터처럼 한자리에 머물면서 발을 갖다 대고 날고 있다. 한참 동안 발도 씻고 날개도 씻고 아예 내 눈앞에서 육갑을 떨면서 사라질 줄 모른다.

불과 한 발짝 거리에서 마주 보며 웃고 있다. 너는 나를 믿고 나는 너를 믿고, 서로 해치지 않는다는 마음가짐이 평화를 지켜주고 아름다움을 낳게 한다.

내가 만들어 놓은 분수에서 새는 더운 오후 땀을 씻고 있다. 나는 허밍버드가 날아갈까 봐 조바심이 일었다. 오래도록 머물게 할 수는 없을까? 나도 모르게 허밍버드의 비위를 맞춰 주느라고 호스를 고정시키고 움직이지도 못하고 서 있다.

마음껏 놀다 가라는 마음이 진심에서 우러나왔다.

몸집에 비해서 주둥이가 긴 허밍버드는 녹색과 푸른색이 감도는 작은 몸짓으로 따사한 오후의 햇살과 예기치 못한 시원한 인공 소나기에 호사를 즐긴다. 허밍버드가 귀여운 까닭은 앙증맞고, 깜찍하고, 잽싸기 때문일지도 모른다. 잽싸기로는 1초에 날갯짓을 50번이나 한단다. 헬리콥터처럼 공중에 몸을 고정시켜 놓고 꽃 속에 단맛을 빨아먹으려니 주둥이가 길게 진화했을 것이다.

허밍버드는 작은 몸집에 비해서 수명이 길다. 그 이유는 신진대사가 빠르기 때문인 것으로 추정한다. 알에서 깨어나 자라나는 시기에 많이 희생당한다. 그 시기만 넘기면 평균 5~6년은 거뜬히 산다. 10년을 넘겨 사는 예도 흔하다. 발목에 밴드를 차고 11년 후에 관찰된 허밍버드도 있다고 한다.

모든 새가 그러하듯이 허밍버드는 한자리에 오래 머물지 않는다. 미련 없이 날아가 버린 허밍버드가 아쉽다. 아무것도 아닌 것이 아쉬운 까닭은 잠시나마 행복한 순간이었기 때문이리라. 순간이나마 행복했던 까닭은 네가 날 믿어 주었기 때문이다. 신뢰할 수 있는 마음가짐이 얼마나 소중한가.

행복은 단순해서 함께하는 시간으로 완성된다.

서울 가는 비행기

　연말에는 샌프란시스코에서 한국 가는 비행기가 늘 만석이다. 13시간 비행에 기왕이면 좋은 자리를 차지하려고 일찌감치 공항에 나갔다. 통로 쪽 좌석은 다 나가고 없단다. 애석했지만 별수 없이 창가석으로 정했다. 내 옆에는 육십은 넘어 보이는 노부부가 앉는다. 남편이 가운데 앉고 통로 쪽에 부인이 앉았다. 체구가 작은 부인이 가운데 앉았으면 좋으련만 덩치 큰 남편이 앉는 바람에 두 남자가 나란히 앉아 있자니 어깨가 부딪힌다. 좁은 공간에 갇혀 꼼짝없이 고생 좀 하게 생겼다.

비행기가 출발하고 얼마 안 돼서 스튜어디스가 조용히 다가왔다. 부부에게 무엇인가 귓속말을 한다. 부부가 좋아라 하고 따라가는 걸로 보아 행복한 부탁이라는 걸 눈치 챘다. 한 번 따라간 부부는 영영 돌아오지 않았다. 비즈니스석으로 옮겨 준 게 분명했다. 내 경험에 의하면 이코노미석은 만석이고 비즈니스석이 비어 있을 때 단골손님을 선정해서 업그레이드시켜 주는 경우가 더러 있다.

나는 마일리지 공짜 표로 탔으니 해당될 리가 없다. 그 통에 나는 혼자서 좌석 세 개를 독차지하게 생겼다. 그렇다고 당장 아무도 못 앉게 막을 수는 없는 노릇이다. 기회를 보다가 불이 꺼지면 슬며시 누워도 될 것이라고 생각했다.

그렇지만, 좋은 기회는 호락호락 오지 않는다. 상황을 다 파악하고 있던 어떤 늙은이가 떡하니 통로 쪽 자리에 와서 앉는다. 다 틀렸구나 하는 생각이 들었다. 내가 이 사람을 늙은이라고 부르는 까닭은 행색이며 하는 행동이 덜떨어진 짓만 하기 때문이다. 사람을 겉으로 보고 평가하는 것은 옳지 않지만, 겉모습이 그 사람의 속을 어느 정도 보여 주고 있기 마련이다.

칠십은 넘어 보이는 바싹 마른 체구에 청바지를 입고 흰 양말에 검정 구두를 반짝반짝하게 닦아 신었다. 낡아빠진 검은 잠바 차림에 챔피언 로고가 붙은 야구 모자를 쓰고 있다. 가끔 모자를 벗으면 염색 시기를 놓쳐 버린 흰머리와 검은 머리 선이 선명하게 드러나 보인다.

행색만 그런 게 아니다. 식사시간 매너도 영 마음에 안 든다. 커피를 받아 놓고 설탕 두 봉지를 타서 넣더니 그것도 모자라는지 설탕 더 달라고 지나가 버린 스튜어디스를 다시 부른다. 나와는 상관없는 사람이지만 그래도 눈에 거슬리는 것 역시 사실이다.

한 자리 건너 앉아 있는 것만도 다행이라는 생각이 들었다. 불이 꺼지고 잠자리에 드는 시간이다. 팔을 얹어 놓는 칸막이를 세우더니 떡하니 발을 내 쪽으로 들여 밀면서 아예 누워 버린다. 참으로 염치없는 늙은이가 맞는다는 생각이 들었다.

할 수 없지, 이것도 내 팔자소관인 것을. 그냥 눈 감고 있기로 했다.

비행기는 알래스카를 지나 베링해로 접어들고 있었다. 멀리 운해 넘어 태양이 보였다. 한국 시각은 오전 11시 58분이다. 한국에서 보면 태양은 대낮인데 지구 끝자락에서 보면 온종일 석양이다.

태양은 그 자리 그대로이지만 어디서 보느냐에 따라 대낮도 되고 석양도 된다. 과학의 발달로 지구를 한눈에 내려다보면서 구석구석 박혀 있던 쓸모없는 섬까지 차지하려 쌈박질을 하는 세상이 되고 말았다.

과학의 발달은 인류에게 분명 혜택으로 다가왔지만, 인간을 야박하게도 만들었다.

인천공항에 거의 다 왔다는 안내방송이 나온다. 식사 후, 유니세프(UNICEF; 유엔아동기구) 헌금에 동참할 사람에게는 봉투를 나눠 준다. 쓰다 남은 동전이 있으면 넣어 달라는 부탁이다. 만날 유니세프를 핑계 삼아 걷어 간 지도 꽤 오래됐는데, 정말 저 돈이 아프리카까지 가기는 가는 건지 슬며시 의구심이 든다. 옆 좌석 늙은이가 지나가 버린 스튜어디스를 다시 불러 자청해서 봉투를 달라고 한다. 무엇을 어찌하려고 저러나 걱정스러운 눈초리로 지켜보았다.

늙은이는 뒷주머니에서 지갑을 꺼내 들었다. 지갑을 열더니 100달러짜리 지폐 한 장을 꺼내 봉투에 넣는다. 나는 깜짝 놀랐다. 일백 달러면 내게는 큰돈이다. 왜 내게만 큰돈이겠는가, 분명 저 노인에게도 큰돈일 것이다. 그러니까 지갑 속에 고이 간직하고 있지 않았겠는가.

나는 망치로 이마를 한 대 얻어맞은 것처럼 머리가 띵했다. 우습게 보이던 늙은이가 돌연 달리 보인다. 어설픈 짓을 하기는 해도 정신은 바로 박힌 노인이라는 생각이 든다.

내가 할 수 없는 일을 실천하는 노인이 위대해 보이기까지 했다.

너는
누구냐?

　운동길이 목장을 가로질러 가게 되어 있다. 늘 만나는 검은 소들이다. 오늘은 좀 자세히 보았다. 소도 잘생긴 소가 있다는데 내 눈에는 그게 그거다. 전에는 몰랐다. 뿔이 없는 소가 있다는 사실과 목장에서 암소만 기른다는 사실을. 고깃감으로 팔려나갈 소들이니까 육질이 가장 우선시되리라. 고기가 연해서 먹기 좋은 때에 죽어 줘야 하는 운명이다. 사람으로 치면 처녀 예닐곱 살이 가장 적당한 나이일 것 같다.

　운명치고는 가장 애석하고 고약한 운명이다.

　소는 자신이 어디서, 어떻게, 왜 태어났는지, 알지 못한다. 태어나자마자 귀에 명찰을 달았을 뿐 엄마라는 존재조차 모르고 산다. DNA에서부터 뿔이 제거되었으니 방어능력은 아예 없어도 된다는 운명이다. 어느 날 주인의 뜻에 따라 소들은 이 목장으로 파견 나왔다.

　파견지는 그런대로 괜찮다. 한적하고, 먹을 녹색 풀도 풍부하고, 스트레스 받을 일도 없다. 유유자적 놀면서 먹을 만큼 먹고 뒹굴면 그만이다. 다만 한 가지 이상한 것은 이성이 없는 세상이다. 모두가 암소뿐이다. 모두가 같은 나이 또래다. 소들을 더욱 아리송하게 만드는 것은 너무 편해서 죽을 지경이라는 사실이다.

좋은 일만 계속 벌어지면 그것도 겁나는 일이다. 세상은 그렇게 호락호락하지 않다는데 어찌 너희들만 편히 살게 놔 두겠는가. 그렇다고 머리를 써서 될 일이 아니다. 각본에 쓰여 있는 대로 살다가 가야 한다.

"귀에 명찰을 달고 살다가 주인의 결정에 따라 최후를 맞으라."

각본을 읽을 줄 모르는 소들이어서 그렇지 만일 글을 깨우치게 된다면 사달이 나리라. 구로공단 여공들이 생각난다. 움직일 수 없는 닭장처럼 빼곡히 줄지어 앉아 쉴 틈 없이 재봉틀을 돌려야 하는 여공들. 결국 돈 때문이다.

소들도 돈 때문에 태어났고, 돈 때문에 편히 살다가, 돈 때문에 명을 다 하지 못하고 죽어야만 한다. 그것도 꽃다운 나이에…….

돈은 더러운 인간의 욕망이다.

누군가는 너를 돈으로 보는데, 누군가는 너를 소로 보고 있다. 오늘 내가 너를 소로 본 것은 큰 잘못이라는 것을 깨달았다. 너는 소가 아니다. 소를 닮은 고깃덩어리인 것이다.

고깃덩어리가 푸른 초원에 둥둥 떠다닌다. 소처럼 생긴 고깃덩어리가……

　조물주의 뜻을 어긴 고깃덩어리가 눈을 껌벅이며 나를 바라본다. 그리고 묻는다.

　"너는 누구냐?"

봄의 전령
금영화

우수가 지났다고 어느덧 바람이 겨울 같지 않다. 해가 제법 길어져 오후 늦게까지 나다녀도 어둡지 않아 좋다. 반바지에 반소매 셔츠를 입었는데 춥지도, 덥지도 않다. 산등성에 피어난 포피가 봄바람에 살강살강 춤춘다.

"네가 양귀비과에 속하는 금영화(金英花)라며?"

꽃이 대답 대신 방긋 웃는다. 바위 이름은 바위가 생긴 대로 붙여진다. 꽃도 꽃 모양에 따라 이름을 달리한다. 향기가 좋으면 향기 따라 부르고, 열매가 실하면 열매 따라 부른다. 예쁘게 보이면 예쁘게 부르는데 '금영화'란 얼마나 예쁜 이름이냐.

보잘것없이 작은 야생화에도 아름다움이 주렁주렁 달려 있다. 고귀하고 섬세한 빛깔이 여리고 사랑스럽다. 인간이 그려 낼 수 있는 색감이 아니다. 풀밭을 걸으며 듬성듬성 피어 있는 금영화를 만날 때마다 금영화는 나를 진심으로 맞아 준다. 금영화는 캘리포니아 주화(州花)다. 영어로는 포피 (Poppy)다.

실바람에도 간지럽게 흔들리는 가냘픈 포피, 사진 한 컷 찍으려고 바람이 잦기를 기다린다. 한 번 불기 시작한 봄바람은 연줄 풀려 나오듯 길게 이어만 간다. 따사한 햇살 받으며 풀밭에 쭈그리고 앉아 바람 잦기를 기다리는 것도 싫지 않다. 맑은 바람을 나긋나긋 씹어본다. 봄 냄새를 담고 온 봄 맛이다. 몹시 달고 신선하다. 봄은 어김없이 찾아온다. 늘 다니던 길처럼 바람 타고 쉽게 찾아온다.

계절 따라 바람도 다르다. 칼날 같은 겨울바람은 간데없고 봄바람이 포근하다. 밋밋하면서 은은하다. 바람도 은은하면 사랑스럽다. 어떤 바람은 사냥꾼처럼 포복하듯 풀밭을 기어 스치고 지나간다. 풀들이 바람에 휘청거리며 아우성이다. 바람에 꺾여 쓰러진 풀줄기도 있다. 한 번 꺾여 쓰러진 풀줄기는 다시 일어서지 못한다. 무리에서 밀려나 땅바닥에 누워 있다. 그렇다고 생을 포기하지는 않는다. 다만 누워서 살아가는 게 마치 전쟁터에서 부상당한 병사 같다.

가냘픈 포피가 바람결에 휘청대면서도 꼿꼿하다. 나긋나긋 고개를 흔들며 생긋 웃어 보인다. 봄에만 피는 포피, 일 년 만에 다시 만난 포피는 정말 신선하고 화려하다. 부드러운 촉감이 손끝을 감미롭게 하고, 순수하고 참된 빛이 잎에 배어 있다.

"세상에 꽃보다 더 고운색이 있을까?" 마치 좋은 음악을 듣고 있으면 머릿속에 잡념이 사라지고 행복한 것처럼 예쁜 꽃을 보노라면 가슴이 설레면서 아름다운 마음이 생겨난다. 꽃이 웃으며 다가오면 전염병에 옮은 사람처럼 같이 웃고 행복해한다. 나도 꽃처럼 행복을 옮겨 주는 아름다운 비결을 터득할 수만 있다면……

이른 봄이 아니면 야생화인 포피는 만나기 어렵다. 가냘프지만 화려하고 우아한 표정이 발걸음을 멈추게 한다. 매끄럽고 윤기(潤氣) 짙은 황금빛 꽃잎을 말아올린 봉오리는 밤새도록 별과 속삭이다가 아침 햇살을 맞아 환히 웃으며 찬란한 꽃잎을 펼쳐 보인다. 아침나절 포피가 더 예쁘게 보이는 까닭은 별 이야기를 간직하고 있기 때문이리라. 꽃은 대가 없이 아름다움을 보여 준다. 사랑도 대가 없이 주는 거다. 꽃은 사랑이다.

꽃도 이름을 알면 친구 안부 묻듯 한 번 더 보게 된다. 꽃은 누구에게서나 사랑받는다.

꽃들은 다 둥글둥글하게 생겼을 뿐 모난 구석이 없다. 사랑 받으려면 모가 나서는 안 된다는 비결을 몸소 보여주고 있는 게 아닐까?

동산 나들이를 한동안 잊고 지내다가 나왔더니 포피가 저혼자 피고 진다. 포피는 보는 사람 없어도 웃는다. 보는 사람 없어도 곱게 차려입고 지낸다. 행복을 전해 줄 준비가 되어 있다. 포피는 내게 진정한 아름다움은 보는 사람이 없어도 사랑의 손길을 나눈다는 걸 말해 준다.

풀밭을 헤집고 다니는 것도 싫지 않다. 이것 또한 봄이 주는 기쁨이요, 행복이다. 두더지가 동산 흙에 이리저리 구멍을 뚫어놓아 밟을 때마다 등산화가 뒤뚱거린다.

조금 이른 것 같기도 하고 아닌 것 같기도 한 봄이 들녘을 물들인다. 푸른 풀밭 군데군데 주황색 포피가 고개를 내밀고 살랑인다. 어쩌다 마주친 포피는 외롭고 고독해 보인다.

목이 빠지게 기다리다 못해 가늘고 긴 목을 지닌 아름답고
외로운 포피. 온몸에 배어 있는 기다림으로 속이 타 불꽃처
럼 피었다. 봄을 맞아 가장 먼저 피는 캘리포니아 포피, 금영
화를 만나면서 너야말로 진정 봄의 전령이라는 생각이 든다.

손가락을
베고 나서

　아침에 사과를 깎다가 왼손 검지 끝자락을 베고 말았다. 지혈시키려고 꾹 누르고 한참 기다렸지만, 피가 멎지 않는다. "아야" 소리와 함께 따끔하게 아팠던 감촉은 잠깐이지만 빨간 피는 끝날 줄 모른다. 그렇다고 손가락을 감싸 쥐고 마냥 기다릴 수만은 없다. 반창고를 찾느라고 서랍이란 서랍은 다 열어 봤어도 반창고 비슷한 것도 없다. 임시로 스카치테이프로 칭칭 감았다. 어항 속 빨간 금붕어처럼 피가 투명하게 보인다. 피는 스카치테이프에 묻어 번지면서 뭐 대단한 상처가 난 것처럼 험악해 보였다. 편의점에 들러 일회용 반창고를 샀다. 피가 묻어 볼품없는 스카치테이프를 갈아치웠다. 직접 눈으로 피를 보지 않으니 아프지도 않고 다 나은 것 같은 기분이다.

아침에 면도하려니 불편하기가 이만저만이 아니다. 왼손에 물이 닿지 않게 하면서 오른손으로만 면도하기는 처음 해 보는 일이다. 불편은 샤워로 이어지면서 극에 달한다. 왼팔을 만세 부르듯 쳐들고 오른손으로만 머리를 감는 것도 그렇고, 샴푸를 덜어 머리에 뒤범벅으로 섞는 것도 어색하기 이를 데 없다. 한 손으로 코 풀기는 더욱 어렵다.

오른손잡이인 나는 그나마 왼손이기에 다행이지 오른손이었으면 어떻게 했을까 하는 생각이 들었다. 오른손 하나만 쓰면서 사는 게 이렇게 불편한 줄 몰랐다. 왼손은 늘 보조 역할만 했기에 별로 주목받지 못하다가 이번 기회에 톡톡히 중요성을 과시해 보인다. 손을 두 개나 만들어 주신 하나님의 뜻을 알 것도 같아서 감사드린다. 어쩌면 하나면 될 것과 둘이어야 할 것을 분명하게 구분해서 만들어 주셨는지 놀라지 않을 수 없다.

상처가 아무는 데 열흘은 족히 걸릴 것이다. 상처는 살아 있는 생물이어서 사랑해 주지 않으면 낫지 않는다. 감싸 주고, 보살펴 주고, 물 한 방울 묻지 않게 해 주어야 한다. 일회

용 반창고를 벗겨 내고 새것으로 갈아 줘야 한다. 벗겨 낸 김에 공기를 쐬어 습기를 제거해 주기도 한다. 언뜻 보기에 다 나은 것 같지만 충분히 아물 때까지 기다리는 건 기본이다. 이 모든 행위는 경험을 통해서 축적해 놓은 노하우다. 이런 애틋한 사랑을 누구에게 베풀어 준 적 있더냐. 누구를 위한 사랑이 이만큼 짠하고 돈독했을까?

첫 아기를 낳고 얼마 안 됐을 때였다. 감기에 걸려 열이 나는 아기를 포대기에 감싸 안고 엘리베이터를 탔다. 이웃에 사는 형님네 집으로 놀러 가는 중이다. 아기가 갑자기 까무러치는 거다. 눈을 까뒤집고 까무러치는 바람에 나와 아내는 놀라 겁이 났다. 어떻게 병원으로 달려갔는지 기억이 없다. 병원에서도 원인을 알 수 없다고 했다. 정신은 돌아왔으나 열이 화씨 백도를 웃돌면서 위험수위를 넘나들었다. 아스피린을 먹였으나 가라앉지 않았다. 흑인 간호사와 나는 아기를 싱크대에 넣고 찬물을 틀어 샤워를 시켰다. 열을 내리기 위해서다. 아기는 죽겠다고 울며 내게 엉겨 붙어 싱크대에서 나오겠다는데 나와 간호사는 강제로 떼어 내어 찬물에 아기를 처넣고 연거푸 물을 끼얹었다. 파랗게 질려 바들바들 떠는 아기를 더는 놔둘 수 없어 꺼내려고 하면 간호사가 화를 내면서 더 있어야 한단다. 차마 눈 뜨고 봐줄 수 없었다. 이 짓을 밤새도록 하고 나서야 날이 밝았다. 다음날 소아과 의사는 원인을 찾기 위해 척추에서 척추액을 빼내어 검사해 봐야 한단다. 척추액을 채취하는데 아기가 아플 것이라고 했다. 이런저런 검사만 하면서 하루해를 보냈다. 밤이면 열을 내리게 하려고 매시간 냉수 목욕을 시켰다. 자지러지게 울어대는 아기를 보면 가슴이 찢어지는 것 같았다. 기도가 절로 나왔다. 차라리 내가 아팠으면 했다. 아기가 무슨 죄가 있어서 이 고통을 겪어야 하나 하고 나도 울었다.

사흘째 되던 날 아기 몸에 꽃이 피기 시작했다. 엷은 붉은색 뾰루지가 온몸에 퍼졌다. 그제야 의사는 풍진(風疹: German Measles)이라고 했다.

아침에 사과 깎다가 검지 끝자락을 베고 만 것이 그냥 상처인 줄만 알았지 누가 까맣게 잊고 지내던 기억을 되살려주려는 일침(一鍼)이었는지 알기나 했더냐? 내 몸 아끼듯 그렇게 사랑해 줘 본 일이 있었다면 아마도 첫아기가 아팠을 때였을 것이다. 그것도 남도 아닌 자식에게 당연한 것 아니야 하는 생각이 든다.

그러면서 어린 시절 내 어머니의 사랑은 이보다 몇 배 더

고귀했었지 하는 생각에 감회가 새롭다.

일곱 살, 한국 전쟁으로 대구로 피난 갔다. 어느 일본 사찰에 임시 피난민 수용소가 차려졌고 거적때기로 칸막이를 하고 지내던 때였다. 먹을 거라고는 저녁 한 끼 멀겋게 끓인 보리죽 배급이 전부였다.

그날도 신문을 받아다 팔려고 배급소로 가는 중이었다. 신문팔이도 경쟁이 심해서 다른 아이들보다 한발 더 일찍 뛰어다녀야 팔 수 있다. 대구역 앞 대로변에서 길을 건너려고 기다리고 있는데 나보다 키 큰 신문팔이 소년들은 이미 길 건너편에 가 있다. 나도 빨리 건너가 따라가야 했다. 미처 지프가 오는 걸 보지 못하고 길을 가로질러 뛰다가 차에 치이고 말았다. 정신이 들었을 때는 대구 육군 병원이었다. 어머니가 옆에 쪼그리고 앉아 울고 계셨다. 천만다행으로 크게 다치지는 않았기에 걸어서 집으로 왔지만, 하루를 누워서 보냈다.

그날 흰쌀밥에 나물 반찬으로 저녁을 맛있게 먹었다. 오래간 만에 먹는 진수성찬이었다.

훗날 알게 된 사실이지만, 누워 있는 막내아들에게 한 끼라도 흰쌀밥을 먹이고 싶은 심정에서 어머니는 부잣집 동네를 헤매고 다니면서 밥 구걸을 해 오셨다. 구걸한다고 해서 쉽게 구걸이 되는 시절도 아니었을 것이다. 자존심 다 버리고 간곡히 사정해 가면서 얻어 온 밥이었다. 참으로 어머니의 사랑은 나보다 몇 배는 더 위대하다 하지 않을 수 없다.

기억은 내 것이면서
내 것이 아니다

 늘 시간만 나면 스마트폰을 열어보고 배터리가 꽉 차 있나 없나 들여다본다. 꽉 차 있으면 마음이 놓이면서 편안하다. 얼마든지 써도 될 것 같아 마음 든든하다. 마치 저금통장에 잔액이 많은 것 같은 기분이다.

 언제부터였더라, 지갑에 돈이 없으면 불안하던 것이 스마트폰 배터리가 없으면 불안한 것으로 바뀐 지가.

 배터리가 20% 미만으로 떨어지면 조바심이 난다. 얼른 충전 선을 스마트폰 꽁무니에다가 꽂아 넣는다. '너는 만땅이어야 돼, 만땅이어야 내 마음이 편하다니까.' 속으로 중얼거린다.

　그래도 나는 스마트폰을 자주 쓰는 편이 아니어서 크게 염려하지는 않는다. 그러나 아내는 많이 쓰는 편이다. 마우스피스의 꼬리가 24시간 컴퓨터와 연결되어 있는 것처럼 아내의 스마트폰은 만날 긴 줄을 매달고 싱크대 위에 놓여 있다. 언제 보아도 그 자리에 꽂혀 있다. 항상 배터리 충전 중이다.

　'카톡' 하고 자지러지는 소리가 들린다. 카톡이 왔다고 해서 열어 보면 마음에 와 닿는 글이 올라와 있다. 읽고 난 다음 곧 끈다. 배터리 소모를 막기 위해 곧바로 꺼 버린다. 전원이 사라짐과 동시에 읽었던 글도 기억에서 사라지고 만다. 사라지는 데 불과 1초도 안 걸린다.

　이상하게도 카톡으로 읽는 글은 훌륭하기는 한데 잠깐에 불과하다.

　카톡을 주고받다 보면 때로는 상상외로 훌륭한 글이 날아온다. 스마트폰에서 읽은 글은 훌륭하기는 한데 양식이 되지 못하고 도로 날아가 버린다. 마치 종달새가 날아와 지저귀다가 사라져 버린 것처럼.

　어느 날 아쉬워서 다시 찾아보면 어디론가 가 버리고 없다. 스마트폰에 날아온 글은 감미로운 음악을 곁들여 지성과 감성을 자극한다. 글이 훌륭한데도 삶의 양식이 되지 못하는 까닭은 감미로운 음악에 신경을 쓰다가 정작 글의 의미에는 소홀했기 때문이리라. 마치 점심 주 요리보다 곁들임 메뉴의 맛이 더 좋아서 엉뚱한 걸로 배를 채우다가 정작 영양가는 놓쳐 버리는 것과 같다.

블로그나 카페에서 훌륭한 글을 접할 때도 있다. 참 좋은 글이다 생각하면서 더 좋은 글을 찾아 넘어간다. 한동안 좋은 글을 찾아 돌아다니다가 자리에서 일어나면 읽었던 좋은 글의 내용이 기억나지 않는다. 아내에게 읽은 이야기를 해주려고 해도 온전히 기억나지 않는다.

블로그나 카페 글을 잊어버리는 데는 10분도 안 걸린다.

어떤 때는 종이 신문에서 공감을 불러일으킬 만한 글을 만난다. 마음에 와 닿아 스크랩해 두고 머릿속에 입력시킨다. 분명히 입력은 시켰는데 며칠 가지 못하고 잊어버린다. 잊어버리는데 일주일도 안 걸린다. 신문은 매일 배달되기 때문에 그다지 소중하다는 개념이 없기 때문이리라. 언제 읽기나 했는지 깜빡 잊고 지낸다. 어느 날 우연히 스크랩해 둔 파일을 들추다가 발견한다.

아! 이런 글도 있었지 하는 생각이 새롭기만 하다.

책을 읽다 보면 훌륭한 이야기를 만나 나도 모르게 고개가 끄덕여지는 글도 있다. 한 번 읽었는데도 또 읽고 싶어지는 이야기도 있어서 되돌아가 다시 뒤져 본다. 뇌리에서 사라지지 않고 맴도는 글을 되씹기도 한다. 훌륭한 이야기를 잊기까지는 일 년이 걸린다.

잊었다가도 어떤 계기가 생기면 되살아난다.

SNS에 많은 글이 등장했지만, 책을 읽으면서 기억하는 것만큼 인간을 철들게 하지는 못한다. SNS를 통해서도 공감과 감동을 받기는 해도 그것은 잠시일 뿐 영원히 기억되지는 않는다. 잠깐 마음을 움직였다가 곧 사라지고 만다. 그러나 시간을 들여 천천히 달궈진 감동은 오래도록 기억에 남아 행실로 나타나곤 한다.

기억은 내 것이면서 내가 다스릴 수 없다. 내가 기억하고 싶다고 해서 기억되는 것이 아니다. 내가 기억하고 싶지 않다고 해서 기억되지 않는 것도 아니다. 기억은 살아 있는 생물체여서 잠시 떠돌아다니는 것과 영원히 남아도는 것을 스스로 구분할 줄 안다. SNS와 책의 글을 구별해 내는 능력 또한 유별날 뿐만 아니라 내가 시키지 않아도 스스로 알아서 기억해 준다.

그렇다고 영상에 녹화하듯 그렇게 기억하지 않는다. 본 대로, 들은 대로, 읽은 대로 기억하지 않는다. 스스로 정화해서 내가 이해한 만큼 알맞게 편집해서 기억한다.

기억이 내 것이면서 내 것이 아닌 이유이다.

민들레 갓털

　잔디밭에 민들레가 피었다. 푸른 잔디에 홀로 피어 있는 진노랑 색이 선명하게 돋보인다. 둥근 솜털을 이고 있는 민들레 홀씨도 피었다. 민들레는 홀씨가 아니라 갓털이라고 했다. 홀씨든 갓털이든 아름답기는 매한가지다.

　노란 민들레꽃이 아름다우냐? 민들레 갓털이 아름다우냐?

　지난 폭풍 때 울타리가 반쯤 넘어갔다. 울타리는 ㄷ자형으로 뒷마당 삼면을 커버하는데 왼편 울타리는 반쯤 넘어갔고 오른편 울타리는 송판이 다 떨어져 나갔다. 양쪽 울타리를 모두 손봐야 하겠기에 울타리장이를 불러들이는 중이다.

왼편 울타리는 옆집 펠슨네 하고 의논해서 고쳐야 하고 오른쪽 울타리는 중국인 의사하고 의논해야 한다.

우리 집과 펠슨네 집을 가로지른 울타리는 8년 전에 이미 새 울타리로 갈아치운 경력이 있다.

그러나 이번 폭풍으로 반은 넘어가고 있다. 나는 그것도 모르고 지냈는데 펠슨 부인이 우리 집에 와서 울타리가 넘어가고 있다고 해서야 알았다. 8년 전에도 1,500달러나 들였는데 또 돈 들어갈 일이 생겼다.

펠슨네는 쥬이시(Jewish; 유대인)에 부동산 부자다. 이름은 영국 계열인데 왜 쥬이시라고 하는지 알 수 없다 보통 도시마다 부동산 부자들이 있기 마련이다. 트럼프 같은 사람은 뉴욕시에서 부동산으로 재벌이 된 사람이다. 일반적으로 작은 도시의 부동산 부자들은 선대부터 한 도시에 토박이로 거주하면서 시장을 위시해서 거주민에게 얼굴이 많이 알려진 사람이다.

한 도시에 오래 살면서 시로부터 혜택도 받고 그럭저럭 부를 쌓은 사람이다. 때로는 도시 심장부에 땅을 공원 부지로 기부한다거나 지역사회를 위해서 기여도 한다. 아무튼 펠슨네도 아버지 대에 부동산 부자인 것이 자식에게 대물림되어 오고 있다. 펠슨이 금수저로 태어나 캠프 리치(Camp Rich; 노블리스 오블리주 체험, 가난 체험)까지 다녀온 건 아니겠지만, 부자들이 뒷마당에 모여 포장마차를 꾸려 놓고 직접 가난 체험 파티를 하는 것을 본 일도 있다. 가끔씩 집에서 파티할 때 보면 번쩍번쩍한 차들이 줄지어 서 있는 것으로 보아도 그가 얼마나 잘나가는 사람인지 알 수 있다.

부인은 날씬하고 예쁘장한데 일은 안 하고 매일 운동만 다닌다. 매주 꽃 배달 차가 와서 집 안에 꽃을 갈아 주고 가고 가드너가 매일 출근하다시피 하여 집에서 야드 일을 하고 있다. 청소하는 하우스 메이드가 두 사람이 짝이 되어 한 번 오면 적어도 5시간을 청소만 하고 가는데 일주일에 두 번 다녀간다. 미용사가 집으로 와서 머리를 해 주고 간다. 그것도 일주일에 두 번씩.

아내는 손가락도 까딱하지 않는 펠슨 부인을 부러워하는 눈치다. 늘 펠슨 부인 이야기를 한다.

나는 펠슨 부인하고는 지나다가 마주치면 인사나 했지 말도 해 보지 못했다. 펠슨 씨와는 집을 새로 지을 때부터 알고 지냈다. 30년 전에 비어 있는 터를 사서 지하에 콘크리트 기둥을 깊게 이십여 개나 박았다. 지진에 대비해서란다. 이렇게까지는 필요 없지만 자신이 살 집이어서 그렇다고 말하던 젊은 펠슨이 생각난다.

예전 같으면 펠슨 씨가 나서서 울타리 고치는 것을 진두지휘해야 할 터인데 이번에는 펠슨 부인이 우리 집을 찾아왔다. 울타리는 15년 보증이어서 울타리 회사에서 거저 고쳐주기로 했단다. 다만 지금은 일이 밀려서 내년에나 가능하다고 했단다. 참으로 고마운 일이라고 인사하면서 아내가 펠슨 부인에게 물어보았다. 요즈음 펠슨 씨가 보이지 않는데 어디 갔느냐고. 뜻밖에도 이혼했단다. 그것도 벌써 4년 전에. 어쩐지 펠슨 씨가 눈에 보이지 않는다 했다. 부자에다가 부인도 예뻐서 평화롭기만 해 보이던 집에 긴 갈등이 있었구나 하는 생각이 든다.

아내는 펠슨네 이야기를 하면서 펠슨 부인이 위자료를 꽤나 받았을 거라고 했다. 펠슨 부인은 돈 많아서 좋을 거라고도 했다. 그렇지만도 않다. 나는 펠슨 부인의 아버지와도 인사를 나눈 적이 있는데, 그도 부자였다. 그러니까 펠슨 부인도 이미 부잣집 출신이다.

내가 알고 지내는 밀러 부인은 남편이 죽는 바람에 부자가 됐다. 재산도 있었지만, 남편이 생명보험도 들고 있었기 때문이다. 부인이 아직 젊으니 이번에 어떤 남자를 만나게 될지 그 남자 횡재하겠구나 했다. 얼마 후에 재혼했는데 남자가 여자보다 더 부자라고 한다. 밀러 부인은 남편 집으로 들어가 산다. 한 번 그녀의 집을 방문했다가 차고에 골동품으로 이탈리아 명품 차인 1950년대 페라리가 두 대나 서 있는 것을 보고 그의 부를 짐작할 수 있었다.

우리 같은 서민은 돈 좀 있으면 팔자가 피는 줄 알지만 돈 많은 사람은 그들대로의 사회가 있어서 만나는 사람들도 따로 있다.

아내가 다니는 이브닝 클래스의 스페인어 선생이 늘씬하고 쭉 뻗었단다. 그렇지만 이혼했다나? 당했다나?

펠슨 부인도 날씬하고 예뻐서 손가락 하나 까딱 안 하고 지낸다. 결국, 이혼했는지! 당했는지!

미모가 출중한 여자는 자신에게 집중되는 시선으로 인하여 자연스럽게 자존감, 자기중심적 사고가 생겨날 가능성이 높다. 그만큼 잘못된 생각을 가질 가능성도 높아진다.

드러내 놓은 아름다움보다 숨겨져 있는 아름다움이 진정한 아름다움이다. 여자는 마음을 아름답게 가꿔야 한다. 이것이 삶의 지혜이지 싶다.

다 제 복은 제가 타고난다고 했다. 어느 게 진정한 복인지 나는 알 수 없다.

같은 민들레지만 다르게 아름답다. 하나는 꽃이고 하나는

갓털이다. 늙도록 온전하게 아름다움을 간직하는 것도 쉬운
일이 아니다. 바람 한 점 없는 적막한 밤을 몇 날 지내야 갓
털이 된다. 갓털은 민들레의 완성이다.

민들레의 꽃말이 행복이라고 했다. 여자의 일생도 민들레
같다는 생각을 해 본다.

같은 기회는
다시 오지 않는다

아침마다 TV에서 러시아 월드컵 축구 경기를 보여 준다. 아침 8시에 한 게임, 그리고 한 시간 쉬었다가 다음 게임, 오후에 또 한 게임, 하루에 세 게임씩 빠짐없이 보여 준다. 국가 대표팀들의 경기가 돼서 목숨을 걸고 뛴다. 운동 경기는 결승전이어야 볼 만하기 마련인데 월드컵은 매 경기가 다 결승전이다. 죽기 살기로 뛰는 모습이 내 편 네 편 할 것 없이 다 볼 만하다.

그중에서 붉은 악마가 막강의 독일팀을 2:0으로 격파하는 꿈의 장면은 기억에서 지울 수 없는 감격의 순간이다. 승자가 기뻐하는 모습을 보면 기쁨이 내게도 전염되어 나도 기쁘다.

16강이 시작됐다. 프랑스와 아르헨티나가 맞붙었다. 두 팀 합쳐서 골이 일곱 개나 터졌다.

골은 언제 들어갔는지 예고가 없다. 아무리 눈을 비비고 골대만 지켜봐도 공이 골대로 들어가는 순간을 잡아낼 수 없다. 다시 보여 주어야 그제야 알겠다. 공은 벼락같이 들어간다. 망설이거나 벼르다가는 기회를 놓친다. 아무도 상상할 수 없는 일격이 골로 이어진다.

인생도 축구 경기 같다는 생각이 든다. 인생에도 전반전 후반전이 있다. 전후반전이 축구경기처럼 시간이 정해져 있는 것은 아니다. 인생 2막이 시작되는 시점이 후반전인 것이다. 나의 경우에는 은퇴 후 내가 원하던 글쓰기 일을 시작하면서 후반전은 시작됐다.

전반전은 먹고사느라고 죽기 살기로 뛰어다녔다. 뛰어다녔지만 한 골도 넣지 못했다. 후반전에 들어서면서 나는 신난다. 아무리 밤을 새워도 피곤하지도 않다. 좀 더 글을 잘 써 보려고 경희사이버대학 문예창작과에 들어가 문학 공부도 했다. 참 별일도 다 있지, 젊어서는 그렇게도 하기 싫던 공부가 지금은 재미가 꿀맛처럼 달콤하다. 골도 몇 차례 넣었다.

이런저런 상을 받은 것이 그것이다. 후반전에 힘이 펄펄 나는 까닭은 내가 좋아하는 일을 하기 때문이리라.

골 들어가는 장면을 번번이 놓치는 게 TV가 잘 안 보여서 그런가 하고 엉뚱하게 TV를 탓한다. 우리 집 TV는 산 지 10년은 된 모양이다. 삼성 54인치인데 지금까지 잘 보았다.

자세히 보려고 했더니 뛰는 선수들이 조그맣게 보인다. 답답해 보인다. 노안이 돼서 흐리면서 잘 보이지 않아 앞으로 다가가서 보게 된다. 잘 보이지 않는 것이 TV가 오래됐거나 흐려서 그런 게 아니고 내 눈이 침침한 게 원인이다.

그런데도 늙은 눈은 탓하지 않고 TV가 작아서 그렇다고 엉뚱하게 TV만 탓한다. 코스트코에 들렀더니 삼성에서 만드는 가장 큰 TV가 세일 마감이란다. 바꾸기로 했다. 삼성 QLED 75인치 대형이니 선수가 좀 크게 보일 것이라는 기대에서다. 매사 결정은 그렇게 쉬우면서 간단하게 내려지지 않는 법인데 이번에는 단번에 오케이했다.

어딘가 믿는 구석이 있어서 결정을 내 버린 것이다. 언젠가 아들 녀석이 다니는 회사에서 삼성 TV를 사면 반 가격에 살 수 있다는 이야기를 들었기 때문이다. 오늘, 그 좋은 기회를 써먹기로 했다.

베스트 바이(Best buy)에서 설치 기사가 나왔다. 키 큰 녀석 둘이서 오래된 것은 떼어내고 새것을 달았다.

한쪽 벽을 꽉 채워서 영화 스크린 같다. 선수들이 크게 보이는 것이 시원시원하다. 사람들은 첨단 기술을 도입한 기능에 돈을 아끼지 않고 지불한다. 첨단 기술은 그만큼 훌륭하고 가치가 있기 때문이다. 사실이 그렇다.

젊어서는 TV 하나 바꿀 때도 온 식구가 재산 장만했다고 기분이 좋아서 피자 파티 열던 생각이 난다. 늙고 보니 이상한 것은 새 TV를 들여놓았건만 장만이란 생각이 들지 않는다는 점이다. 그저 좋은 TV 보다가 가자는 마음뿐이다.

TV가 있는 패밀리 룸(Family Room)에는 오래된 소파와 티 테이블, 램프 테이블 가구 세트가 있다.

신혼 초에는 얼른 돈 모아 집을 사려는 일념으로 가구도 없는 빈 아파트에 세 들어 살았다.

첫아기를 마룻바닥에 눕혀 놓고 잠도 재우고 기저귀도 갈아 주자니 아기가 천대받는 것 같아 죄짓는 기분이 들었다. 이참에 가구나 장만하자고 곧바로 백화점에 들러 이름 있는 새 가구를 세트로 들여놓았다. 아기를 소파에 눕혔더니 그렇게 행복할 수가 없다. 그 아기가 벌써 마흔 네 살이나 되었으니 소파도 그만큼 늙었다. 지금은 낡고 헌 소파가 되었건만 갈아치우지 못하는 까닭은 우리의 추억이 얼기설기 서려 있기 때문이다.

장만이라는 것은 마련하고 준비하는 것이니 어쩌면 긍정적인 면이 두드러진다고 하겠다.

그런 좋은 의미의 말이 근래에 내게 다가와 가치를 상실하고 말았다. 이것도 나이 듦이 가져오는 자연스러운 현상이리라.

언제부터였더라, 장만이기보다는 죽는다는 것에 초점을 맞추고 사는지가?

러시아 월드컵 결승전에서 프랑스 팀은 이미 승리를 굳혀가고 있었다. 골키퍼는 아무도 없는 골대 앞에서 느슨한 마음으로 공을 발로 툭툭 건드리고 있다. 죽을힘을 다해 프랑스 골대로 달려간 크로아티아의 17번 '만주키치'는 프랑스의 문지기 '위거 로리스'와 마주친다. 여유만만한 골키퍼가 왼발로 공을 살짝 걷어내려는 순간 만주키치가 오른발로 동시에 건드려 공이 골대를 향해 굴러갔다.

0.5초 사이에 위거 로리스의 실수와 만주키치의 골인 기회

가 엇갈리는 순간이다.

　정말 기회는 벼락같이 엇갈려 스치고 지나갔다.

　한 가지 분명한 것은 하나님은 기회를 딱 한 번만 주신다. 누구에게도 같은 기회를 두 번 줘 본 예가 없다는 사실이다. 내가 사는 오늘도 단 한 번뿐이다.

'루씨' 이야기

    딸이 집에 와 있는 바람에 같이 온 개 '루씨'는 나와 함께 운동길의 동반자가 되었다.

    딸은 어려서부터 동물을 좋아해서 햄스터, 토끼, 뱀, 거북이 등을 기르더니 이번에는 개에게 정을 다 쏟고 있다. 루씨는 알래스카 머스키로 눈동자가 푸른색이다. 흘겨보는 눈이어서 나는 루씨의 눈을 좋아하지 않는다. 눈매는 매섭게 생겼으나 성질은 온순하고 말도 잘 듣는다.

    잘 짖지 않는 편이다.

    한국에서는 '개는 주인을 닮는다'고 하지만, 미국에서는 '개를 보면 주인을 알 수 있다'고 한다. 루씨는 딸의 게으른 습성이나, 입맛 까다로운 것까지 닮았다. 개들이 보통 먹이 앞에서는 치사하고 비굴해지기 마련인데 루씨는 먹는 것에 별로 관심이 없다. 알래스카에서 추운 겨울날 고기 한 덩어리 먹고 하루 종일 달려야 하는 개여서 그렇다고 하는데, 글쎄, 알 수는 없으나 개치고는 먹이 앞에서 매우 신사적이다.

루씨를 끌고 나가면 길에서 만나는 사람들은 루씨의 눈을 보고 눈이 예쁘다고들 말한다. 개가 엷은 푸른색 눈동자를 가졌기 때문이다. 일곱 살 반이니까 사람으로 치면 50줄이 된 셈이다. 개는 영특해서 내가 운동을 나가는 건지 쇼핑을 하러 가는 건지 다 알고 있다. 운동을 가려고 모자를 쓰고 일어서면 지가 먼저 문 앞에 서서 같이 가겠다고 야단이 났다. 줄을 목에 걸어도 도망도 가지 않고 순순히 목을 내밀어 준다. 스스로 목 매이기를 자청한다.

처음 문밖으로 나서면 개는 고개를 치켜들고 코를 벌렁거리면서 신선한 공기를 들이켜는 시늉을 한다. 정말 공기가 신선해 살 것 같다는 표정도 짓는다. 신이 나서 앞으로 내닫는다. 앞에서 너무 힘차게 끌어당겨서 억지로 끌려 가야만 한다. 루씨는 힘이 절로 나는 모양이다. 루씨가 신이 나서 좋아하면, 좋아하는 기운이 개 목줄을 타고 내게로 전이된다.

나도 덩달아 기분이 좋다.

개는 5분이 멀다 하고 오줌을 눈다. 남의 잔디밭에서 오줌을 지린다. 루씨는 암캐다, 수컷은 한쪽 다리만 들고 오줌을 누니까 누가 봐도 오줌 눈다는 걸 안다. 그러나 암캐는 앉아서 오줌을 누기 때문에 까딱하다가는 남들에게 오해 사기 쉽다. 남의 집 잔디밭에 큰 것을 보면 비닐봉지로 수거해 가야 한다. 암캐는 소변도 대변 보는 모양새를 취해서 마치 개변을 치우지 않고 그냥 가 버리는 얌체족처럼 보일 것 같아 신경이 쓰인다.

목에 줄을 매고 주인이 붙어 다녀야 하는 게 개다. 개는 아무데서나 변을 본다. 본능을 참지 못하는 게 개니까 말릴 수도 없다. 개는 창피한 걸 모른다. 이미 나는 개니까 하는 식이다. 기쁘나 슬프나 낼 수 있는 소리는 한마디로 제한되어 있다. 기뻐도, 반가워도, 겁이 나도 짖어 댄다. 개는 비밀을 발설하지 않는다. 보고도 못 본 척 눈감아준다. 나는 한 번도 개가 주인에게 화를 내는 걸 못 봤다. 내 맘대로 이 길로 가다가 돌아서 저 길로 가도 개는 군소리 없이 따라 준다.

나도 개를 좋아하는 사람에 속한다. 그러나 덩치 큰 개가 집 안에서 이리 뛰고 저리 뛰는 꼴을 좋게 봐줄 수는 없다.

소리를 질러 제지시키고 싶은데도 개 주인인 딸이 보고 있으니 나로서도 어쩔 도리가 없다.

사실, 나는 혼자서 운동길에 나서고 싶다. 조용히 사색하고 싶다. 혼자서 걸어가면 여러 가지 생각도 정리되고 문제점도 풀리는 수가 있다. 그러나 개와 함께 나서면 개에게 신경을 써 줘야 하기 때문에 딴생각할 여유가 없다. 슬며시 홀로 운동길에 나서려고 하면 딸이 개와 같이 가라고 한다. 개가 하루 종일 집 안에만 있어서 운동이 필요하다고 같이 가란다. 싫어도 싫다는 내색을 할 수 없다. 개 주인이 딸이니까.

어쩔 수 없이 끌고 나서면 만나는 사람마다 "허스키지요, 예쁘네요" 하며 인사 해 대니 그럴 때는 우쭐한 기분이 들기도 한다. 개목에 맨 줄이 길어봤자 2m 안팎이다. 개가 공원에 나가 자유를 누린다고 해 봤자 2m짜리 자유밖에 없다. 2m 이내에서 누리는 자유이지만 그렇게도 갈망하고 있다.

개 줄을 잡고 걸으면서 생각해 본다. 개는 나에 의해서 통제당하고 있다. 2m의 자유, 그것이 전부다. 그렇다면 나는 누구로부터 통제받고 있는가? 보이지는 않지만 어떤 사슬이 나를 통제하고 있다. 나 역시 제한된 거리 안에서 활동해야만 한다. 목을 매고 있는 줄이 눈에 보이느냐 안 보이느냐가 중요한 것이 아니다. 통제받고, 억압받고 있다는 사실이 중요하다.

　내가 루씨 목을 매고 있는 줄을 잡고 있듯이 휴대폰이 나의 목을 동여매고 당겼다 놓았다 한다. 당기면 긴장했다가 놓으면 긴장감이 풀린다.

　첨단문명은 나의 자유를 빼앗아 갔고, 나는 기꺼이 목을 내밀어 스스로 매이기를 자청했다. 마치 루씨처럼.

해바라기 사랑

내가 한국에 가 있는 동안 부동산 업자가 우리 집 문 앞에 달랑 묘목 하나를 놓고 갔다.

매년 이런 식으로 집 매물을 얻어 내려는 부동산 업자의 상술이다. 아내는 묘목을 가져다가 어린 생명을 버릴 수도 없어서 뒷마당에 있는 커다란 화분에 아무렇게나 심었다.

내가 집에 왔을 때는 제법 자라 있었다. 식물이 하나가 아니라 해바라기와 콩과 호박 그리고 옥수수를 한꺼번에 뭉뚱그려 심어 놓았다. 그러더니 제 모습을 드러내기 시작했다. 자라면서 서로 얽히고설키고 야단법석이 났다.

캐나다 맥마스터 대학 연구진의 실험 결과를 읽은 기억이
나서 찾아보았다.

식물들은 세간의 이론처럼 수동적 존재가 아니라 형제와 낯
선 식물을 구별해 경쟁의 강도를 조절하는 것으로 밝혀졌
다. 식물들이 한 화분에 낯선 종자와 함께 심어지면 뿌리를
마구 뻗어 수분과 영양분을 선점하는 경쟁을 치열하게 벌이
지만 형제와 함께 심어지면 뿌리의 길이를 늘이지 않고 매우
친절하게 자리를 양보한다는 사실을 발견했다.

연구를 주도한 수전 더들리 교수는 "형제를 알아보는 능력
은 동물 사이엔 일반적이지만, 식물에도 이런 능력이 있다는
사실은 처음 밝혀진 것이다. 결과적으로 식물은 인지와 기억
능력은 없을지 몰라도 혈연에 대한 이타행위 같은 복잡한 사
회적 행동을 할 능력은 가지고 있다는 것을 보여 준 것이다"
라고 말했다.

지금 보이지 않는 화분 흙속에서는 뿌리들의 전쟁이 벌어
지고 있을 것이다. 콩과 해바라기와 호박 그리고 옥수수가
서로 자리다툼을 벌이는 게 분명하다. 멋도 모르고 함께 뭉

뚱그려 심겨진 식물들은 끝도 없는 싸움박질로 밤낮을 지새
우리라.

아내에게 왜 싸움을 붙여 놨느냐고 한바탕했다.

그런대로 한동안 자란 다음 아내는 콩 넝쿨을 다 뽑아 버
렸다. 아침에 먹은 밥에 들어간 콩이 콩 넝쿨에 달렸던 콩이
란다. 나는 그것도 모르고 몇 알 안 되는 콩이 밥에 섞여 있
었지만, 너무 부드러워 콩 같지 않다고 생각하면서 먹었다.

호박은 제구실을 못 하고 노랗게 변색해 간다.

남은 건 해바라기와 옥수수뿐이다. 해바라기는 키가 멀쑥
하니 크다. 해바라기에 달라붙어 자라는 옥수수는 키도 크
기 전에 꽃부터 핀다. 제구실할 것 같지 않아 쳐다보지도 않
았다. 키가 멀쑥한 해바라기 뿌리가 가장 강력했던 모양이
다. 다 물리치고 혼자서만 키가 큰다.

오후 해가 해바라기 얼굴을 정면으로 비춘다. 진노랑 해바
라기가 나를 보고 해맑은 웃음으로 인사한다. 깜짝 놀랐다.
커다란 해바라기가 피어 있는 것을 처음 보았다. 지금까지
해바라기가 피었는지 어땠는지 관심조차 없었다. 만날 가지
가 달렸나 하고 가지 잎만 들추고 다녔다. 가지는 내가 심었
고 해바라기는 아내가 심었으니 해바라기에는 무심했다. 해
가 우리는 오후에 짙은 노란빛 해바라기의 웃는 얼굴을 보

고 나도 절로 웃음이 난다.

해바라기는 아침 뜨는 해와 눈을 마주치면 잠시도 한눈팔지 않고 태양을 따라간다.

오후의 뜨거운 태양에게 끊임없이 사랑의 미소를 보낸다.

역경 속에서도 웃을 줄만 아는 해바라기, 너야말로 사랑이구나.

매리 매리루-Mary Marylou
할머니

　일반적으로 미국 노인네들은 한 번 말을 받아 주면 끝낼 줄 모른다. 외롭게 살다 보니 사람이 그리워서 그러는지, 말할 상대도 없이 살다가 말문이 터져서 그러는지 아무튼 말이 많다.

　여기서 한 가지 조언을 하고 싶은데 영어회화를 배우기 원하는 학생은 미국 할머니하고 사귀기를 권한다. 자기 또래의 미국 젊은이들은 말 못 하는 외국 학생과 대화하기를 원치 않는다. 지루하고 재미도 없고, 덜떨어진 소리만 하는 것 같아서 금세 피곤해한다. 그러나 외로운 할머니들은 언제든지,

무슨 이야기이든지 이해해 주고 받아 주고 교정해 주면서 가르쳐 준다.

내가 매리루 할머니를 만났을 때가 그녀의 나이 83세였을 때다. 할머니는 아들딸 다 출가시키고 별도로 입양해서 키운 중국 소년도 의사가 되어 시애틀로 간 지도 오래됐다. 남편은 이미 돌아가셨고 혼자서 여유롭게 살고 있었다. 혼자 살기에는 집이 너무 커서 유지, 관리하기에 벅차 보였다.

그때도 봄이었다. 할머니는 아주 즐거운 표정으로 내게 이야기해 주었다. 83세인 나이에 비해서 목소리도 쨍쨍하고 판단력도 젊은 사람 뺨칠 만큼 또렷했다. 매우 상기된 얼굴로 조금은 흥분되어 있는 것처럼 말이 빨랐다.

"머지않아 곧 결혼할 거예요."

할머니의 한마디가 내 머리를 망치로 꽝 치는 느낌을 받았다. 귀를 의심하게 했다. 내가 잘못 들었나 하는 생각이 들기도 했다.

동갑내기 남자친구는 마운틴뷰에 살고 있는데 정리되는 대로 자신의 집으로 이사 들어올 거라고 기대에 부풀어 있었다. 늙으면 눈치는 없어지고 염치만 남는다더니 이 할머니가 얼마나 더 살려고 이러나 하는 생각이 들기도 했다. 아무리 백세시대라고는 하지만 하루하루 기력이 쇠약해질 것인데 어쩌자고 이러시는가 하는 생각도 들었다.

축하한다면서 악수는 해 주었지만 어딘가 상식에 어긋나 보였다.

내가 알고 지내는 매튜 할아버지는 부인과 사별하고 버클리에서 혼자 산다. 그도 외롭기는 매리루 할머니와 다를 바 없지만, 경제적으로는 매리루 할머니보다 턱없이 가난하다.

매튜 할아버지도 여자친구가 있다. 가끔씩 그의 집에 들렀을 때 여자친구가 와서 같이 점심도 해 먹고 이야기하다가 가곤 하는 걸 보았다.

한번은 여자 친구가 들락날락할 것이 아니라 결혼을 해 버리면 어떻겠느냐고 물어보았다.

매튜 할아버지는 경제적으로 계산이 안 맞는다고 했다. 여자친구가 받는 연금이 많은데 만일 재혼을 하게 되면 전남편으로부터 받아오던 연금혜택을 잃게 되기 때문에 안 된다고 했다. 이유야 어떻든 매튜 할아버지는 연인 관계로 지내고 있다.

매튜 할아버지의 늙어 가는 모습은 보기에도 나쁘지 않고 상식적이라는 생각이 든다.

그리고 세월은 흘러갔다. 그러나 매리루 할머니의 이야기는 잊히지 않고 또렷하게 상기되면서 사람들과 대화 속에서 비아냥거리로 써먹곤 했다.

겨울 내내 비가 와서 캘리포니아 산야는 모두 녹색으로 변해 버렸다. 일 년 중에 이맘때가 캘리포니아에서는 가장 아름다운 시즌이다. 싱싱한 봄 냄새가 산지사방에 널려 있고 야생화도 이때가 제철이다.

10년 만에 매리루 할머니를 만났다. 서로 반갑다고 악수하고 포옹하고 환하게 웃었다.

"당신 이름이 뭐였지요?"

"매리, 매리루 폽."

"아, 맞아요, 전에 결혼한다고 했잖아요?"

"오, 당신 기억력도 좋군요. 그런 걸 다 기억하고 있으니."

실제로 나는 기억력이 좋은 사람은 못 된다. 아내는 내가 잊어버리는 게 많다고 혹시 치매인지도 모른다고 농담을 섞어 말하기도 하니까 말이다. 나로서는 할머니의 스토리가 희귀해서 잊지 않았을 뿐이다.

"두 번째 남편이 8년을 같이 살고 죽었어요, 심장마비로."

"정말 안됐군요, 지금 연세가 어떻게 되세요?"

"아흔 셋이에요."

"전혀 그렇게 보이지 않네요. 아직도 젊어 보여요. 10년은 젊게 보이는 걸요."

"정말 그렇게 보여요? 참 듣기 좋군요."

"다시 결혼하셔도 될 것 같네요."

진심 반 농담 반으로 할머니를 기분 좋게 해 드리려고 한 말이다. 그동안 나도 많이 변한 것 같다. 83세의 재혼을 이해하기 힘들어하던 내가, 93세의 재혼을 부추기고 있으니 말이다. 내친김에 한마디 더 거들었다.

"연애는 젊은이들만 하라는 법이 있나요?"

슬쩍 할머니가 기분 좋아할 말을 내비치며 표정을 살펴보았다. 할머니는 활짝 웃으며 말했다.

"봄에는 소셜 클럽에 나가 보려고 해요."

미소 짓는 할머니 눈망울이 아직도 해맑다. 끝까지 희망을 놓지 않는 할머니가 아름다워 보였다.

외로움을
이겨내는 기술

외로움은 어디서 오는가?

철없이 뛰어놀던 소년 시절에는 노는 데 바빠서 외로움을
느낄 겨를이 없다. 어쩌다가 엄마한테 야단맞고 외톨이가 되
었을 때 외롭다고 느껴 봤지만, 그것이 제대로 된 외로움이
라고 말할 수는 없다. 진짜 외로움은 사춘기를 지나면서 깊
은 밤까지 책상머리에 앉아 있으면 공부는 안 되고 상념에
젖는다. 라디오를 틀면 조용한 음악이 깔리고 DJ의 차분한

목소리가 흘러나오면서 감성을 자극할 때 진짜 외로움을 느낀다.

외롭고 고독해서 노트에 떠오르는 생각을 글로 적어도 보고 아무에게나 편지도 써 본다.

사전에 보면 '외로움'은 '홀로 되어 쓸쓸한 마음이나 느낌'이라고 했다. '고독'은 '세상에 홀로 떨어져 있는 듯이 매우 외롭고 쓸쓸함'이라고 적혀 있다. 결국, 외로움과 고독은 남매지간이다.

누구에게나 외로움과 그리움이 따라다니는 건 당연하다. 오히려 청소년 시절에 외롭고 그리운 건 괴로운 행복이다. 그 시절 야밤에 라디오에서 흘러나오는 음악의 볼륨을 낮추고 고독을 즐기던 것처럼 늙어서도 외로움을 그렇게 즐길 수는 없을까?

청소년 시절의 외로움과 노인의 외로움은 무엇이 다른가?

꿈에 부풀어 있는 사람이 갖는 외로움은 즐거운 외로움이다. 청소년은 희망 속에서 살아간다. 노인도 죽는 날까지 희망과 꿈을 품고 살아갈 수만 있다면 외로움이 곧 즐거움이 될 것이다. 희망은 스스로 만드는 것이다. 희망과 꿈이라고 해서 거창하게 생각할 이유는 없다.

뒷마당의 채소밭은 작은 희망이다. 보람과 결실이 넘치는 꿈의 채소밭이다. 침실에 화분을 놓고 물만 주는 것도 희망이다. 나는 인생 2막을 글쓰기로 즐긴다. 친구는 그림 그리기로 세월을 그린다. 골프가 머리에 꽉 차 있는 사람, 전도 사업에 빠져 있는 사람도 있다.

외로움은 누군가와 같이 있고 싶어도 같이할 수 없는 게 외로움이다. 파트너를 잃어버리면 그때부터 파트너 대신 외로움을 끼고 산다. 외로움의 징조는 욕심이 사라지고 대신 과거로의 여행이란 여망이 살아나면서 어려서 살았던 집은 그대로 있는지 가 보고 싶어지고, 옛날에 맛있게 먹었던 음식 맛은 그대로인지 먹어 보고 싶어진다. 과거로의 회상, 맛의 그리움, 돌아가신 분들이 그리워지면 외롭다는 증거다.

외로움의 반대는 즐거움이다.

즐거움을 자신의 내부에서 찾으려 하지 않고 외부에서 찾는 사람은 외로움의 해법도 외부에서 찾으려고 할 것이다. 누가 즐거움을 가져다 주기를 기다리기에는 세상이 너무 빨리 돌아간다.

미국인들은 파티나 모임에서 "Enjoy yourself"란 말을 꼭 한다. 스스로 즐기라는 말이다.

누가 즐겁게 해 주는 것이 아니라 자신이 스스로 즐기라는 것이다. 즐거움을 외부에서 찾는 사람들은 남과 어울려서 시간을 보내야만 즐거운 것으로 착각하고 있다. 즐거움은 혼자서도 얼마든지 가능하다. 예를 들면 배우는 즐거움이 그것이다. 또는 어느 일에 몰두하게 되면 자신도 모르게 행복에 빠지고 만다. 행복을 즐기기에 바쁘면 외로움은 스스로 멀어진다.

미국 노인들은 한국 노인들보다 외로움을 덜 탄다.

어려서부터 자신만의 방을 쓰면서 자랐고 부모에게서 받는 사랑도 독립을 전제로 하는 객관적 사랑이어서 일찍부터 홀로서기를 연습한다. 훈련과 단련이 된 사람은 늙어서도 외로워하지 않는다. 정(情)보다는 이성을 앞세웠던 교육 때문에 외롭기는 하되 덜 외롭다. 그러나 한국 노인들은 다르다. 가족 간에 끈끈한 정이 있고 이웃과도 정을 나누고 살다가 어느 날 홀로 지내려니 외로워도 무척 외롭다. 방에 있을 때는 보거나 말거나 늘 TV를 틀어 놓고 지낸다. 적어도 하루 8시간은 우두커니 앉아 있다.

시카고대학에서 외로움에 관한 연구 결과를 《Personality
and Social Psychology》에 발표했다. 외로움도 인플루엔자처
럼 다른 사람에게 전염되며 외로운 사람은 점점 더 외로워진
다는 연구 결과가 나왔다.

외로운 사람들은 자신의 외로움을 다른 사람들과 나누는
경향이 있으며 시간이 지나면서 외로운 한 무리의 사람들이
사회관계의 가장자리에 밀려나 더욱 외로워지는 양상이 드
러난다.

이 연구에서는 특히 여성들이 다른 사람의 외로움에 '전염
되기' 쉬운 것으로 드러났다.

이번 연구에서 사람들이 외롭게 되면 다른 사람들을 덜
믿게 되며 이로 인해 새로운 친구 관계 형성이 더 어렵게 된
다는 사실도 밝혀 냈다.

외로움은 수명을 단축시키는 정신적, 신체적 질병과 관련
되기 때문에 주변으로 밀려나지 않도록 노력해야 할 것이다.

외로움이 심장 건강에는 치명적이라는 연구 결과도 있다.
외로움은 우울증으로 이어지고 우울증과 사회 고립 상태의
경우 심장질환 발병률이 훨씬 높은 것으로 밝혀졌다. 우울

증은 여러 병의 원인이 되지만 그중에서도 심장 건강에 치명
적이라는 연구 결과가 나왔다. 우울한 사람은 또 뇌졸중 발
병 확률도 약 32%나 높은 것으로 조사됐는데 남성과 여성
간 큰 차이는 없다.

  정이 많은 사람은 외로움을 더 많이 탄다. 외로움을 많이
타는 사람은 이런 방법을 시도해 보면 도움이 될 수도 있다.
이건 미국 노인들이 주로 쓰는 방법인데, 인형 곰을 어루만
지면 부드러운 촉감이 아늑함을 전해 줘서 외로움이 사라진
다. 마치 어린아이가 곰 인형을 끌어안고 잠드는 것과 같다.
또는 두통약을 복용해도 도움이 된다. 뇌 속에 두통과 외로
움을 느끼는 부위가 같은 위치에 있기 때문이다.
  더 좋은 방법은 따듯한 수프를 먹는 거다. 외로움은 추위
와 같아서 속을 덥혀 주면 마음이 편안해지고 외로움도 사
라진다.

  남이 외로움을 덜어주길 바라지 말고 스스로 떨쳐버리는
지혜가 필요하다. 텃밭이 있으면 좋고 없으면 작은 화분에
상추씨라도 뿌려 놓고 매일 물을 주면서 자라나는 새싹을
보면 작은 희망이나마 가져볼 수 있다. 자기만의 비밀 서랍

을 갖는 것도 방법 중에 하나다. 남에게 보여 주지 않는 나만의 비밀공간을 혼자서 즐기는 것이다. 혼자만 알고 있는 비밀은 스스로 자신이 소중한 존재임을 암시한다. 돈 안 드는 작은 소품들을 수집하는 취미로 관심을 돌리면 쏠쏠한 재미가 있기 마련이다.

아무리 늙었어도 관심과 사랑, 인정을 갈구하는 마음은 젊은이 못지않다. 인간의 욕구 중에 가장 질긴 욕구는 남들에게 인정받는 욕구다. 인정의 욕구가 충족되면 외롭지 않다.

악기나 춤 아니면 다른 취미활동을 열심히 해서 남들에게 발표하는 것도 인정받는 길이다.

그뿐만 아니라 내가 나를 인정하고 스스로 사랑하면 남도 나를 인정하고 사랑한다. 누구나 아는 이야기이지만 한 번 더 되새겨 보면 '돈을 쫓아다니면 돈은 멀리 도망가 버린다. 돈은 잊어버리고 열심히 일만 하다 보면 돈은 저절로 따라와 준다'. 늙어서 재미를 찾아 쫓아다니면 재미는 점점 멀어지면서 시시해지고 외롭기만 하다. 그러나 한 가지 취미에 빠지면 재미는 저절로 따라붙고 외로움은 도망간다.

사람은 누구나 태어날 때 아무것도 가진 것 없이, 아무 생각도 없이 태어난다. 성장하면서 여러 가지 테마가 그려지는데 어떤 사람은 행복한 그림을 그리고 어떤 사람은 불행한 그림만 그린다. 행복과 불행은 생각하는 방향을 선택하는 데서 시작하는데 긍정적으로 생각하는 사람은 행복할 수밖에 없으며 부정적으로 생각하는 사람은 불행할 수밖에 없다. 억울한 일을 당했어도 그 일을 좋은 방향으로, 긍정적으로 바꿔 생각함으로써 오히려 득을 보았다는 사례는 많이 들어서 알고 있다. 그렇다고 아무나 쉽게 긍정적인 사고를 만들어 낼 수 있는 것은 아니다. 생활 속에서 늘 연습하고 훈련하고 단련해야 비로소 생각의 전환을 이룰 수 있다.

　늙어 갈수록 꾸미고 닦고 치장하고 립스틱이라도 한 번 더 발라라. 보잘것없는 초라한 나를 내가 사랑해 주지 않으면 누가 사랑해 주겠는가? 나보다 낮은 곳을 보며 늘 자신감과 희망을 찾는 습관이 몸에 배도록 노력하라. 그러다 보면 어느 날 나도 모르게 외롭지 않은 인생이 되고 남들에게 희망을 주는 노인이 될 수도 있다.

　지난주에는 맥도널드에서 친구를 만나 커피를 마시며 담소했다. 그날따라 친구가 초라하게 보였다. 집에 와서 생각해 보았다. 무엇이 친구를 초라하게 만들었는가? 나중에야 알았다. 친구는 깨끗한 티와 바지를 입었지만 오래된 구형 옷이었다. 몇 푼 되지 않는 티 같은 간단한 옷은 새로 사 입는 것이 기분전환에도 도움이 된다.

외로움 역시 훈련과 연마를 통해서 극복할 수 있는 문제다. 행복과 불행이 생각하는 방향에 따라 갈리듯이 외로움과 즐거움도 어떻게 생각하느냐에 따라 방향을 달리한다. 암자에서 홀로 사는 노스님이 외롭지 않을 리가 없다. 어쩌면 외로움의 극치일지도 모를 일이다. 그러나 스님은 오히려 외로움을 즐기면서 살아가신다. 깨달음을 갈망하다 보면 깨우치는 즐거움을 알게 되고 깨우침의 즐거움은 그 어느 것보다 더 행복하다 할 수 있다.

정신이
살아 있는
노인

저녁을 일찌감치 먹고 섀벗(Chabot) 호숫가로 나갔다. 석양이 엇비슷이 수면을 비추고 물 위로 제비들이 쉴 새 없이 날아다닌다. 제비도 잠자리에 들기 전에 든든히 먹어 두려는 모양이다. 섀벗 호수에 물이 넘쳐 찰랑대는 게 보기에도 좋다.

한 무리 하루살이 떼가 군무를 이룬다. 하루살이는 늘 오늘을 산다. 일생에 걸쳐 어제와 내일이 없다. 그러므로 지난 세월에 대한 허욕도 있을 리 없다. 하루살이는 항상 처음이자 마지막으로 오늘 하루를 있는 그대로 직시하고 향유한다. 하루살이는 하루를 온전히 살면서 알 까고 새끼 기르고 삶을 마감한다.

늘 같은 길을 걷다 보면 낯익은 사람도 있기 마련이다. 헌 자전거 타고 설렁설렁 다니던 노인이 안 보인 지 꽤 됐다. 갈 곳으로 떠났나, 어디가 잘못됐나 하는 생각도 해 본다.

걷는 것도 예전 같지 않다. 걷는 속도도 느려졌고, 거리도 짧아졌다. 무엇보다 힘에 겹다.

엊그제는 힘들고 맥이 빠져서 오다가 앉아 한참 쉬기도 했다. 처음 겪어 보는 일이었다. 나 자신도 실망했다. 아내에게 힘에 겨운 운동길 이야기를 해 주었다. 아내도 심각하게 듣기는 하지만 뾰족한 의견은 없다.

오늘은 호숫가를 걷다가 돌아와 보니 딸이 애들을 데리고 놀러 와 있다. 손녀 둘이 애교인지 재롱인지를 부린다. 딸이 운동길에 스마트폰을 들고 다니느냐고 묻는다. 스마트폰이든, 신원증명카드든 들고 다니란다. 어디서 쓰러지더라도 누구인지는 알아야 할 것 아니냐.

일산 호숫가에서 혼자 걸을 때 나도 그런 생각을 했다. 아무것도 몸에 지니지 않고 걷다가 갑자기 변을 당하기라도 한다면 내가 누구인지 신원 확인이 되지 않을 것이다. 그럴 거라는 걸 알면서도 빈 몸으로 걷는 것이 내가 갑자기 죽을 거라고는 생각하지 않기 때문이다.

아내는 내가 구십은 살 거라고 했다. 옆에서 듣고 있던 딸이 그렇지 않을 거라고 한다. 지금 세상에 구십 정도 사는 게 뭐 대단하냐고 따지듯 우기는 아내는 철석같이 믿고 있는 모양이다. 언제나 냉정한 딸은 분명하게 일러둔다. 몇몇 운 좋은 사람이 구십을 사는 거지 아무나 그런 건 아니란다.

내가 좋은 운을 타고 나지는 못했지만 그렇다고 나쁜 운을 타고난 것도 아니니 팔십 다섯은 살지 않을까? 앞으로 십 년 남았다. 내가 노인이라는 건 알고 있었지만, 죽을 거라고는 생각하지 못했다. 젊어서나 늙어서나 나는 영영 살 거라는 생각만 한다.

십 년은 금방 간다. 눈 깜박할 사이다. 이것저것 힘에 겨운 것은 갈 날이 얼마 남지 않았다는 걸 몸이 말해주는 거다. 아니라고 우겨도 별수 없다. 머리를 염색하고 잠시 젊었다고 속아보지만, 며칠 못 가 다시 흰머리가 어김없이 뚫고 나온다.

　조선 시대 인물화는 노인만 그렸다. 노인이 돼야 인격적으로 완성된다고 믿었기 때문이다. 백발에 흰 수염이 길게 늘어지고 눈빛이 번쩍이는 노인을 그렸다. 인물화를 극사실주의로 그리되 정신이 살아 있어야 훌륭한 그림이라고 인정받았다.

　정신이 살아 있는 노인······.

　그건 조선 시대 이야기이고 지금은 인터넷 시대가 아닌가? 노인이 죽지 않는 장수 시대다. 장수 노인 시대에 살아 있는 정신은커녕 제정신이 아닌 노인들로 들끓는 세상이다.

　딸은 증명이 될 만한 거 하나는 늘 몸에 지니고 다니란다. 그게 노인이 지켜야 할 사항이란다. 갑자기 쓰러지기라도 하면 이 사람이 누구인지 알아야 하기 때문이다. 갑자기 쓰러진다는 건 인정하고 싶지 않지만, 그럴 수도 있는 일이다.

　늙는다는 건 하나하나 포기하는 거다. 젊어서 목숨보다 귀히 여기던 돈까지 포기하는 것이다. 하다못해 정신까지도······.

집수리를
하면서

집은 사람 같아서 사람 건강 돌보듯 집도 수리해 가면서 살아야 한다. 새집으로 들어와서 30년도 넘게 살았으니 어디가 고장 나도 당연한 것으로 받아들여진다. 겨울이면 비가 내려치는 벽은 나무가 다 썩었다. 썩은 나무를 갈아 치우는 공사가 벌써 열흘째 계속되고 있다. 막일하는 일꾼들은 어느 나라 사람이나 우락부락하게 생긴 데다가 배가 나와 있다. 미국에서도 막노동하는 멕시칸 일꾼들은 배가 남산만큼 불룩하다.

그만큼 먹지 않으면 험한 노동을 견뎌내기 힘들기 때문이리라. 더워서 땀 흘리는 게 측은해서 차가운 생수병이라도 갖다 주면 따서 한 모금에 다 마셔 버린다. 시원한 수박이라도 주면 게 눈 감추듯 먹어치운다. 먹는 만큼 힘쓴다고 쓰던 냉장고를 가져가도 좋다고 했더니 혼자서 번쩍 들고 나간다. 힘이 장사다.

나는 그들의 먹성이 부럽다. 먹어도, 먹어도 끝없이 당기는 그 먹성이 그립다.

스무 살 때 논산 훈련소에서다. 정말 먹어도 금세 배가 고파지는데 미칠 것 같았다. 숨어서 몰래 시루떡도 사 먹었고 그저 먹는 것만 눈에 띄었다. 그러나 먹고 돌아서면 금세 배가 고파지는 데 문제가 있었다. 어떤 친구는 생명 같은 새 군복을 주고 떡으로 바꿔 먹는 사례도 발생했다.

나는 그래도 좀 나은 편이었다.

식사 때 밥과 국은 충분했다. 밥은 많이 줘서 나는 다 먹지 못했다. 내 옆에서 붙어 자던 친구는 농사짓다 온 녀석이었으니 얼마나 배가 고팠겠는가. 내가 남기기만 바란다. 지켜보고 있다가 조금 남았다 하면 집어다가 금세 먹어치운다.

오늘 집수리를 하는 멕시칸들이야말로 먹고 돌아서면 배

가 고픈 모양이다. 아내가 코스트코에서 피자 한 판을 사다 주면 점심 먹은 지 얼마 되지도 않았는데 피자 판에 달라붙어 게걸스럽게 먹어치운다.

잘도 먹어치우는 극성이 부럽다. 나도 저렇게 좀 먹어 봤으면 좋겠다. 얼마 전까지만 해도 하루에 세 끼를 먹었다. 이제 은퇴해서 집에 머물다 보니 세 끼도 버겁다. 온종일 더부룩한 게 영 거북하다. 하루에 아침저녁 두 끼로 줄여 놓으니 몸에 맞는 것 같다.

별 재주 없이 몸이 하자는 대로 따라가는 수밖에 없다.

먹성은 건강을 조절하고, 돈은 정신을 조율한다.

몸이 허락하는 만큼만 먹으면 자연스럽게 건강이 유지되듯이 돈도 많지도 부족하지도 않은 상태가 이상적이다. 돈이 많으면 정신을 혼란스럽게 해서 평정을 잃게 되고 부족하면 매사 자신감을 잃어 해야 할 일을 못 하게 된다.

너무 많이 먹어도, 너무 적게 먹어도 병이 생기는 것과 같다.

꽃은
사랑이다

입춘이 아직도 열흘이나 남아 있는데 벌써 개울가에 버들 강아지는 몽우리를 틔웠다. 귀여운 가지 하나 꺾어다가 물컵에 꽂아 싱크대 그린하우스에 놓아둔다. 싱크대 그린하우스가 한결 부드럽게 보인다.

옆집 펠슨네는 부자다. 부인이 꽃을 좋아해서 일주일에 한 번씩 꽃 배달차가 와서 새 꽃으로 갈아 주고 간다. 나도 꽃을 좋아한다. 대놓고 꽃 배달 받을 형편은 못 되지만, 가끔 식품점에 가면 꽃을 산다. 꽃 사는 돈은 아깝지 않다. 꽃은 사랑의 표시다. 여인은 꽃을 좋아한다. 시인도 꽃을 좋아한다. 꽃이 없다면 시인도 없다.

시인 서정주를 떠올리게 하는 시가 국화꽃인 것처럼 자연주의자 윌리엄 워즈워스를 대표하는 시 역시 꽃에 대한 시다.

수선화

산골짝 높은 언덕 하늘 위로
떠도는 구름처럼 헤매다가
나는 문득 한 무리 활짝 피어 있는
황금빛 수선화를 보았노라
호숫가 나무숲 우거진 그늘 아래
잔잔한 미풍에 나부끼며 춤추는 수선화여
은하수의 별빛처럼 반짝이는 물결과
굽이굽이 호숫가 기슭을 따라
끝없이 늘어선 수선화 무리들
헤아릴 수 없이 많은 꽃들은 고개를 흔들며 춤추나니
호수의 물결도 따라 춤을 추누나
흥에 겨워 춤추는 자연을 보면서
어찌 시인인들 즐겁지 않으리오
보고 또 보고

아름다운 영상이 기억 속에 새겨지는 줄도
모르고 보고 있었네
어느 날 홀로 소파에 누워
상념에 잠겨 있노라니
홀연히 떠오르는 수선화의 군무들
아! 그것이 고독 속에 축복이려니
기쁨으로 가득 찬 가슴을 안고
황금빛 수선화와 어울려 춤을 추노라

우리 아이들이 어렸을 때의 일이다. 이웃에 경찰관 가족이 살았다. 그 집에 일곱 살 먹은 딸 메기(Meggy)가 산다. 예쁘지도 않았지만, 눈치코치도 없는 아이였다. 우리 집에 놀러 오면 때가 돼도 돌아갈 생각을 하지 않는다. 아이의 집은 부부가 일을 해서 집에 아무도 없기도 했지만, 그것보다는 우리 집은 아이가 셋이나 되다 보니 장난감이 많이 있어서 장난감 때문에 주저앉아 있다. 저녁 먹을 시간이 돼서 인제 그만 가라고 해야 마지못해 일어난다.

초인종이 울려서 문을 열어 보면 메기 소녀가 서서 가냘픈 목소리로 "들어가도 되나요?(May I Come in Mrs Shin?)" 하고 묻는다. 아내는 매일같이 놀러 오는 메기가 싫다면서 어떤 때는 문을 안 열어 주는 때도 있었다. 그러던 어느 날 초

인종이 울려서 나가 보았더니 메기가 작은 부케를 아내에게 내미는 것이었다. 잔디밭에 지천으로 널려 있는 클로버 꽃을 한 줌 묶어 작은 부케를 직접 만든 거였다. 꽃 뭉치를 받아 든 아내는 착잡하면서도 감격스러워했다.

메기를 집으로 들어오라고 하고는 그날은 쿠키까지 주었다.

꽃은 뇌물이 아니라 사랑의 표시다. 여인은 꽃을 좋아하고 꽃에 약하다.

중국 소수민족 중의 하나인 기모족의 여인들은 귓불에 구멍을 크게 뚫고 다닌다. 사랑받기 위해서다. 여자가 마음에 들면 남자가 구멍 난 귀에다가 꽃을 꽂아 줌으로써 프러포즈가 시작되기 때문이다.

아내는 돈과 꽃을 교환하는 데 대해서 인색하다. 경제적으로 따진다면 꽃은 비생산적인 물체임은 분명하다. 그러나 꽃이 주는 정서적 기쁨과 풍요를 어찌 돈으로 계산할 수 있겠는가.

우리 큰딸은 무뚝뚝하고 말이 없다. 반면에 막내딸은 매사에 참견해야 하고 지켜야 할 일은 꼭 짚고 넘어가는 성격이다. 샌디에이고에서 학교에 다닐 때 엄마 생일에는 비싼 꽃을 주문 배달해 온다. 그러면 아내는 박스를 뜯어 꽃을 화병에 꽂으면서 기뻐하기는커녕 오히려 불평을 늘어놓는다. 비자카드를 긋고 꽃을 사 보내면 결국 그 돈은 내가 물어야 하는 것 아니냐면서 못마땅해했다.

나는 학교에 다닐 때 자취생활을 했다. 방을 계약한 날짜에 갔더니 이틀을 더 지내야 방이 빈다면서 주인집 아들 방에서 같이 자야만 했다. 주인집 아들은 당시 제일 알아주는 경기고등학교에 다니는 학생이었는데 이런저런 이야기 중에 자기는 바이올린 소리가 가장 듣기 싫다고 했다. 바이올린 소리를 듣기 싫어하는 사람도 있다는 사실에 충격을 받아 지금까지 기억하고 있다. 천상의 소리라고 하는 바이올린의 울림마저 듣기 싫어하는 사람도 있는데 꽃이라고 해서 싫어하지 말라는 법은 없다. 만인이 다 좋아하는 꽃을 아내는 피해 다닌다.

한번은 코스트코에서 꽃이 하도 예쁘기에 한 다발 카트에 실었다. 아내가 보더니 얼른 집어 제자리에 갖다 놓는다. 아내라고 해서 꽃을 싫어하겠는가? 다만 꽃보다 돈을 더 사랑할 뿐이다. 내가 돈을 넉넉히 벌어다 주었다면 아내도 꽃을 사랑했을 거다.

나는 야생화를 찾아 사진을 찍으러 다니면서 꽃의 아름다움을 터득하게 되었다. 꽃은 식물 중에서 특수한 부분일 뿐이다. 꽃은 식물에서 가장 찬란한 부분이며 식물의 찬란한 부분이 커지면서 꽃잎이 열릴 때를 말한다. 우리가 꽃이라고 부르는 식물의 부분은 꽃의 개화기를 일컫는 말이다.

꽃이 얼마나 귀중한 존재인지 보여 주는 예를 들자면 딸의 이름을 지어줄 때 꽃의 이름을 따서 부르기도 하는 것이다. 꽃은 먹는 꽃도 있는가 하면 꽃이 언어를 대신하는 경우도 많다. 백합은 인생살이를 걱정하지 말라는 의미가 있는데 이것은 성경에 "들에 핀 백합도……" 하는 데서 유래된 것 같다, 붉은 장미는 사랑, 노란 장미는 전쟁에서 살아 돌아오라는 말이기도 하다.

꽃은 뭐니 뭐니 해도 우리에게 주는 감동이다. 꽃이 주는 신비스러운 색채와 향기, 구조와 원리 하나하나가 감명으로 다가온다.

웃고 있는 아기의 얼굴처럼 꽃은 대가를 바라지 않고 아름다움을 보여 준다. 아기 엄마의 입김처럼 사랑도 대가를 바라지 않고 거저 주는 거다.

꽃은 사랑이다. 사랑에는 수많은 종류가 있다. 고귀한 사랑에서부터 이성 간의 사랑까지 하다못해 진짜 사랑, 가짜 사랑도 있다. 진짜 사랑은 물론이려니와 가짜 사랑에까지 등장하는 게 꽃이다. 꽃은 정말 사랑이다.

미국이
좋은 가장 큰 이유

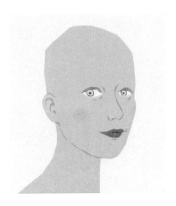

　나는 경험으로 알고 있다. 한국 젊은이들이 얼마나 양보에 인색한가를. 양보에 인색하기는 여자나 남자나 다를 바 없다. 고속도로에서 달리는 차 앞으로 끼어들까 봐 틈을 주지 않는다. 일차선으로 들어가야 하는데 깜빡이를 켜 놓고 누가 양보해 주려나 아무리 기다려도 아무도 들어오라고 양보해 주는 사람은 없다.

　한국은 인구밀도가 높아서 그만큼 경쟁도 치열한 게 원인이 될 수 있겠고, 아직은 선진국으로 진입하는 과도기여서 일어나는 현상이라고 볼 수도 있다.

중국을 위시해서 동남아 국가인 중에는 한국에 가서 돈 많이 번 다음 돌아와 잘살아 보겠다고 생각하는 사람들이 많다. 그와는 대조적으로 한국인 중에 미국에 가서 영주권을 얻어 미국에서 살겠다고 생각하는 사람들도 꽤 많다.

한국도 국민소득 삼만 달러의 풍요 속에 여러 나라 사람들이 부러워할 만큼 잘살게 되었는데 왜 구태여 미국에 가서 살기를 원하는가?

오늘 아침 뉴스에 뉴올리언스 은행에서 강도와 총격전이 벌어져 범인과 경찰 네 명이 숨졌다고 한다. 미국에서는 하루건너 한 번씩 총기로 사망한다는 뉴스다. 그런데도 사람들은 미국에서 살기를 원한다. 미국은 어떤 매력이 있기에 험악한 사회라는 것을 알면서도 선호할까? 한마디로 요약하면 '자유'라는 말 속에 모든 것이 함축되어 있다. 마치 북한보다 남한이 낫다는 것처럼.

물론 한국은 자유가 보장된 나라이다. 한국에서의 자유라는 건 눈에 보이는 자유뿐이다. 조상 때부터 이어 내려오는 관습이라든가 풍속, 전통, 관행, 도덕, 인습, 규범 이런 것들이 생활 속에 얼기설기 얽혀 있어서 진정한 자유를 누릴 수 없는 것이 문제다.

미국에서 오래 산 교포들에게 물어보면 대체로 미국은 자유로운 나라라고 말한다. 미국에 대해서 긍정적이다. 이러한 생각은 미국에 오래 살면 살수록 더욱 짙어 간다. 그렇다고 그들의 생각이 다 맞는 이야기는 아니지만 대체적으로 수긍이 간다. 여기서 수긍이 간다는 말은 미국 교포들이 볼 때 그렇다는 이야기이다. 한국에서 한국인이 볼 때는 그렇지 않을 수도 있다. 한국은 한국대로 환경과 경우가 다르기 때문에 꼭 맞는 말은 못 된다. 그러면서도 미국의 긍정적인 면을 열거하면 다음과 같다.

미국은 무엇보다 선과 악을 구분하여 선에게 위해를 가하려는 악은 공개적으로 제거함으로써 정의가 살아 있음을 실증해 보여 준다. 실제로 경찰의 명령에 불복종하는 악이 사살당하는 장면을 수시로 볼 수 있는데 이것은 선을 지키려는 경찰의 의지를 보여 주는 것이다. 과잉진압이라고 말하는 사람들도 있으나 실은 악이 선을 해치는 것보다 낫다고 보는 사람이 더 많다.

미국은 약자를 배려하는 나라여서 장애자에 대한 시설이 잘되어 있다. 어디를 가나 어린이와 임산부, 노인과 특히 장애인을 배려하고 양보한다.

미국은 공정한 규정이 지배하며 편법과 억지는 통하지 않는다. 제복 입은 경찰관이나 군인을 신뢰하며 국가의 공권력을 존중하는 나라라는 데 이의가 없다.

미국은 리더를 인정하고 정치적 이념이 다르더라도 국익 앞에선 하나가 될 줄 안다. 가끔 해외 토픽에도 나오지만, 미국은 법과 정의가 살아 있어서 의원도, 시장도, 경찰관도 심지어 대통령까지도 법을 어기면 합당한 처벌을 받는다. 더군다나 부자가 갑질하는 예는 있을 수 없다.

미국은 추악한 사건이 벌어지더라도 주류 언론이 말로써 난도질하지 않는다. 국민이 지혜로워서 말을 마구 내뱉는 사람을 오히려 멸시한다. 대신 삼류 타블로이드판 무료 대중지 같은 데서 내용을 부풀려서 왜곡되고 자극적으로 기사화하는 예는 있으나 쓰레기 같은 뉴스를 곧이곧대로 믿는 사람은 없다.

미국은 용광로와 같아서 여러 인종이 섞여 산다. 하지만 인종과 피부색, 언어에 구애받지 않고 더불어 살아가려고 노력한다. 한국 교포들이 현지 미국인들보다 더 잘사는 것만 보아도 알 수 있다.

미국은 개개인의 특성을 존중하여 참견이나 간섭을 하지 않는다. 남의 눈치 보지 않고 자신만의 개성을 살려 특징을 부각시키는 것을 오히려 장려한다. 아무리 이상하게 차려입어도 아니면 명품으로 걸쳤어도 남이 쳐다보지도 않고 관심도 없다.

KBS TV에서 〈다큐 공감〉이라는 다큐멘터리를 보다가 정말 공감을 얻었다. 윤사비나라는 여성의 삶을 조명하는 프로그램이었다. 윤사비나 씨는 자가면역질환인 '전신탈모증'이란 생소한 질병을 앓고 있다. 전신탈모증은 항암치료를 받은 것처럼 탈모 현상이 계속 유지되는 것이다.

몸에 털이 없는 인생을 살아야 한다.

여자들은 아름다워지기 위해서 화장한다. 하지만 윤사비나 씨는 평범해지기 위해서 화장한다. 누구나 가지고 있지만, 그녀에겐 존재하지 않는 게 있다. 먼지를 막아 줄 속눈썹도 인상을 좌우하는 눈썹도 없다. 외모를 완성해 준다는 머리카락도 없다. 남들과 다른 외모, 그런 여자다. 머리카락만 없을 뿐인데 남들은 이방인 취급을 한다. 당연히 가발 없이는 외출은 꿈도 못 꾼다. 나하고 다르다는 이유 하나만으로 전염성이 없는 병인데도 사람들이 꺼리고 함께하는 걸 피한다. 가발을 벗으면 옷을 홀딱 벗고 길거리에 나간 것 같은 기분이다.

윤사비나 씨가 원하는 것은 가발을 쓰지 않고 다녀도 별 문제가 없는 사회적인 시선이다. 머리카락이 없어도 차별받지 않고 자유로이 활보할 수 있는 사회, 그런 사회였으면 좋겠다고 말한다.

미국은 바로 그런 사회다. 있는 그대로, 생긴 그대로 거리를 활보할 수 있는 사회, 자기 욕심껏 먹어 찌운 뒤룩뒤룩한 살이 부끄럽지 않은 사회, 아무도 이상하게 생각하지 않는 사회가 미국이다. 반드시 그런 것은 아니지만 평등하다는 생각이 드는 나라, 인종과 관계없이, 외모와 관계없이, 학벌과 관계없이 맡은 바 임무를 잘 수행할 것이냐 아니냐만 따지는 나라, 그게 바로 미국이다. 무엇보다 좋은 것은 '갑질'이 없는 나라라는 것이다. 옆집이 벤츠를 타도 부러워하지 않는, 휠체어를 타도 불쌍한 시선으로 바라보지 않는 사회가 미국이다.

최근 캘리포니아에서는 고등학생에게 문신도 허락했고, 구멍 난 청바지며 핫팬츠도 허용했다.

미국이 좋은 가장 큰 이유는 바로 남의 시선으로부터 자유로운 사회라는 사실이다.

터번 쓴
사람들

  샌프란시스코에서 한국으로 가는 비행기를 여러 번 타고
다녔어도 러시아와 중국 영공을 날아 본 건 처음이다. 자다
말고 이제쯤이면 거지반 다 왔겠거니 하고 모니터로 보여 주
는 비행경로를 보았다. 아! 이게 웬일인가. 만주를 거처 서해
를 통하는데 난데없이 북한 황해도를 직선으로 가로질러 날
것처럼 예비경로가 되어 있는 것을 보고 깜짝 놀랐다. 이게
어찌된 일인가? 조종사가 정신이 있나 없나, 혹시 내가 잘못
보고 있는 건 아닌가? 스튜어디스에게 물어보았다. 이 아가
씨는 비행경로에 대해서는 나만큼도 모른다. 그때부터 나는

긴장이 돼서 모니터만 주시하게 되었다.

다행이 북한 영공을 피해서 서해로 나갔다가 인천으로 기수를 돌리기에 마음이 놓였다. 그게 지난번 대한항공에 탑승했던 때의 일이다.

이번에는 아시아나를 탔다. 2월이면 비수기여서 자리가 많이 비어 있어야 하는데 그렇지 않았다. 승객으로는 언뜻 보기에도 인도 사람들이 많았다. 동남아 국가들을 위시하여 인도나 파키스탄 같은 나라들은 가난해서 미국을 드나드는 자국 비행기가 없다. 그들은 다른 나라 비행기를 이용해야만 한다. 우리나라도 1970년대까지만 해도 재팬항공이나 노스웨스트항공 아니면 타이완항공을 이용해서 미국을 오고 갔다. 지금은 한국 국적기도 여럿 있고 동남아인들도 애용한다. 월남, 필리핀, 태국, 인도인들이 대세를 이루었으나 미국의 유나이티드항공이 사이공 직행을 뛰면서 월남 승객은 현저하게 줄어들었다. UA의 마닐라 직항이 생기면서 필리핀 승객도 사라졌다. 이제 남은 건 인도 사람들뿐이다.

오늘 내가 탄 아시아나에는 인도인들이 한국인들보다도 많다. 인도인들은 머리에 터번(Turban)을 쓰고 있다. 내 좌우, 앞뒤 좌석에 온통 터번 쓴 사람들뿐이다. 터번 쓴 사람들 틈바구에 둘러 싸여 있다 보니 싫든 좋든 선택의 여지없이 터번을 12시간 동안 지켜보아야만 했다. 자연스럽게 터번을 유심히 관찰해 보지 않을 수 없었다.

사실, 우리는 터번에 관해서 아는 게 별로 없다. 우리뿐만이 아니라 서구인들도 인도의 많은 종교와 힌두교에 대해서 잘 알지 못한다. 힌두교인들이 터번을 쓰고 다니는 것은 사실이다. 그러나 힌두교인이라고 해서 모두 쓰는 것도 아니다. 종교적 행사나 페스티벌 같은 축제 때 쓰는 게 보통이다. 인도인들 중에 터번을 쓴 사람들은 주로 시아(Shiah) 종교인들이다. 시아파는 인도에만 있는 게 아니라 이란에 더 많다. 시아 종교인들은 평생 동안 머리와 수염을 깎아서는 안 된다. 거짓말을 해서도 안 된다. 터번 그 자체만으로도 자신의 가치와 자존심을 지킨다고 생각하는 것 같았다. 마치 우리 조상들이 유교사상에 의해 상투를 틀었던 것과 같다.

지금은 터번도 상업화, 패션화돼서 가발처럼 만들어 놓고 팔기도 한다. 20달러 정도면 색깔을 골라 살 수도 있다.

터번은 홑이불처럼 옥양목 같은 천으로 둘둘 말아 머리에 쓰는 것이다. 머리에 감는 것도 기술이 있어야 한다. 뒤통수 밑에서 왼쪽으로 귀를 덮으면서 이마에 이르러 다시 밑으로 내려간 뒤 우측으로 귀를 덮고 이마를 지날 때 이마 중앙에 삼각형의 끝부분이 마치 별을 단 것처럼 고귀하게 보이도록 잘 감아 달팽이 모양으로 마무리 지어야 한다. 각자 자기 것은 자기가 말아 올려야 하는데 솜씨 있는 사람은 가지런히 잘 말았고 그렇지 못한 사람은 엉성한 것이 그 사람의 성격과 인품을 그대로 반영한다. 터번의 색깔은 다양해서 검정, 회색, 하늘색, 자주색, 베이지색 등 별별 컬러가 다 있다. 색깔은 주로 자신이 입고 있는 옷과 조화를 이루도록 신경 썼다는 것을 한눈에 알아볼 수 있었다.

터번을 쓰고 있는 사람들은 몸집이 크고 장대했다. 주로 나이든 사람들이 쓰고 있는데 수염이 흰 사람들은 늙은이이고 수염이 검은 사람은 젊은 사람으로 구분되었다. 여기서 특이한 점은 그들이 우리가 먹는 음식과 다른 음식을 먹는다는 점이다. 아시아나도 알아서 그들의 음식은 따로 만들어 제공하고 있었다. 중간 간식으로 햄 샌드위치가 나왔는데 그들은 햄을 먹지 않는 관계로 다른 음식이 제공되었다.

한 번 쓴 터번은 벗지 않았다. 비행기를 타고 오는 동안 자그마치 12시간이 넘게 걸리는데도 아무도 터번을 벗는 사람은 없었다. 벗었다 다시 쓰는 사람도 없었다. 한 번 벗으면 다시 쓰는 데 문제가 있는 것 같아 보였다. 장시간 한 좌석에 앉아 있다 보니 당연히 잠도 자야 한다. 터번 때문에 편안하게 머리를 뒤로 기대어 잠잘 수도 없다. 모두 머리를 꼿꼿이 세우고 앉아 있었다. 잠자면서도 터번만큼은 건들지 않았다. 머리를 잘못 뒤로 기대었다가 터번이 흐트러지기라도 할까 봐 매우 조심하는 기색이 역력했다. 그뿐만이 아니었다. 더욱 답답해 보이는 것은 엔터테인먼트를 하나도 즐기지 못하고 있다는 사실이다. 터번을 쓰고 있는 관계로 헤드셋을 머리에 얹을 수가 없다. 그래서 터번을 쓴 사람들은 TV나 영화를 볼 수 없다. 엔터테인먼트를 하나도 못 보고 그대로 앉아서 꼼짝 안 하고 있어야만 하는 그들이 딱해 보였다.

그래도 다행인 것은 무슬림 율법상 하루에 다섯 번 종교의식을 행해야 하는데 비행 도중에는 종교의식을 하지 않는다는 점이다. 비행 중에는 걸러도 되는 모양이다. 아무도 모하메드를 향해 엎드려 절하는 사람은 없었다. 꼼짝달싹 못하고 좁은 자리에 끼어 앉아 잠도 못 자고 TV도 보지 못하지만, 불평하는 사람은 없었다. 참으로 종교의 힘은 위대하다는 것을 새삼 느꼈다.

PART 2.

한국에서

한국에 가면
행복한 이유

인생에 있어서 꼭 필요한 것은 없다.

평생 미국에서 살았으면서 왜 한국이 좋을까? 미국의 넓고 큰 집을 놔두고 작고 아무도 없는 한국의 오피스텔에 있으면 포근하고 행복하다. 새벽에 잠이 깨면 누운 채로 뒤치락거리면서 한참 뜸 들인다. 어제 긁적이다 만 글을 생각해 본다. 때로는 훌륭한 생각이 그때 떠오르기도 한다. 이러한 행위는 미국 집에서나 한국에 와서나 똑같다. 그렇게 십 년도 넘게 살았건만 지금껏 왜 한국에 오면 포근하고 행복한지 그 답은 찾지 못했다.

오늘에서야 오래된 숙제가 풀렸다.

오피스텔은 좁은 공간이다. 몇 발짝만 걸으면 벽에 부딪친다. 수도자의 방처럼 텅 비어 있다. 이곳은 임시로 기거하는 집이라는 관념을 늘 가지고 산다. 무엇을 사도 장만이라는 생각을 가져 보지 못했다. 잠깐 쓰고 말 것이다. 없으면 없는 대로 산다. 작은 싸구려 책상에 집에서 들고 온 노트북 컴퓨터를 올려놓았다. 침대도 없이 맨바닥에 간단한 요나 깔고 잔다. 방에는 중국제 TV와 빨래 널어놓는 틀이 하나 있을 뿐이다. 그릇도 한 사람분에 숟가락과 젓가락도 한 사람분이다. 설거짓감이 없어서 먹으면 금세 해치워서 좋다.

그나마 전에는 싸구려 국수라도 사 먹으러 다녔는데 이제는 그것마저 그만뒀다. 설거짓감을 줄이려고 일부러 반찬은 해 먹지 않는 편이다. 찌개류나 굽는 거는 먹지 않는데 이유는 설거지하기가 싫고 냄새 풍기는 게 싫어서 그렇다. 먹고 싶지 않은 것도 이유가 되겠다. 늙으면 소화가 더뎌서 배고픈 줄 모르겠다. 어떤 때는 온종일 먹지 않아도 배가 안 고프다. 끼니가 돼서 먹는 거지 배가 고파서 먹는 게 아니다.

아침으로 사과 반쪽을 납작하게 썰어놓고, 파프리카, 보라색 양파, 적채, 아보카도를 썰어 프라이팬에 가지런히 놓고 상추로 쌈을 싸서 먹는다. 프라이팬에 담는 이유는 넓적하고 큰 그릇이 프라이팬밖에 없기 때문이다. 밥은 반 공기면 족하다. 명란 두 알 정도 익혀서 반찬으로 먹는다. 아내가 잔뜩 싸서 준 멸치볶음이 밑반찬이다. 점심에는 메밀국수를 삶아서 간장에 비벼 먹기도 한다. 때로는 아침에 먹다 남은 채소로 저녁을 때운다. 자연산 히비스커스 티를 끓여 놓고 마신다.

저녁을 먹고 나면 밖에 나가 한 시간 걷는다. 비가 안 오면 숲길을 걷고 비가 오면 대로를 따라 마두전철역을 돌아온다. 딱 한 시간 걸리는데 땀이 날 정도로 빨리 걷는다. 외출할 일도 없고, 누구와 말할 사람도 없다. 전화가 오는 예도 없고 걸 때도 없다. 꼭 필요한 전화만 오고 간다. 아내와는 문자로 주고받는데 그래도 알 것은 다 안다. 미국에 있는 친구도 문자로 통한다. 한국에 친구가 두어 명 있으나 한국에 왔다고 문자로 알려 줘도 답장도 없고 전화도 없다. 오히려 먼 캐나다 친구는 가끔 전화질을 해 댄다. 그것도 캐나다 시각으로 저녁 9~10시에 거는 걸로 봐서 마누라 없이 혼자 살기 외로워서 자기 전에 한바탕 떠들고 자려는 심보처럼 보인다.

한 달을 살아도 돈도 안 든다. 관리비 십만 원에, 인터넷 라인 만 원, 알뜰폰 삼천 원, 전기 및 가스비는 거의 없다. 그 외에는 식비인데 연신내 시장에서 무채무침 이천 원어치만 사면 네 끼를 먹는다. 시래깃국 삼천 원어치 사다가 비닐봉지 네 개로 나누어 담아 얼려 놓고 먹는다.

노인은 고기를 먹어야 한다기에 코스트코에서 불고깃감으로 재놓은 소고기를 사다가 다섯 봉지로 나눠 놓고 하루에 한 봉지씩 볶아 먹는다. 한 달에 사십만 원이면 된다.

이달에도 오십오만 원으로 시작해서 십만 원이 남았으니 실제로 오십만 원 미만으로 한 달을 산다는 게 맞는 것 같다. 남들은 그렇게 가난하게 먹을 것도 안 먹으면서 무슨 재미로 사느냐고 하지만 나는 어린 시절에 익혀 놓은 이런 생활이 익숙하고 행복하다.

인터넷으로 뉴스는 다 읽어 보지만 그래도 못 미더워 도서관에 걸어가서 신문도 들춰 본다. 책도 빌린다. 그리고 활자를 통해서 작가들의 이야기를 듣는다. 도서관 가는 길에 일산 병원에 들러 혈압도 재 본다. 다 돈 안 드는 일이다. 내가 이 방에 있는지 아는 사람은 아무도 없으므로 올 사람도 없다. 구태여 좁은 공간에서 옷을 입을 이유도 없다. 공간 자체가 옷이나 마찬가지다.

한 달 만에 인터폰이 울렸다. 갑자기 울리는 인터폰 소리에 놀랐다. 인터폰을 어떻게 쓰는지 몰라서 "누구요!" 하고 크게 소리쳤다. 밖에서 뭐라고 하기는 하는데 무슨 소리인지 잘 들리지 않는다. 문에 다가가서 다시 누구냐고 물었고, 대답이 들려오지만 무슨 소리인지 모르겠다.

할 수 없이 소리나 들을 요량으로 문을 빠끔히 열고 물어보았다. 아주머니가 가스 점검 나왔단다. 얼떨결에 다 벗고 있어서 문을 열어 줄 수 없다고 했다. 밖에서 기다릴 테니 옷을 입으란다. 아주머니의 지시에 따라 옷을 입고 문을 열어 주었다.

아주머니가 가고 난 다음에야 깨달았다. 다 벗어 놓았더니, 다 내려 놓았더니 행복하다는 사실을. 온전한 나를 발견한 것이다.

미국 집에서도 혼자 잔다. 아무도 나를 귀찮게 구는 사람은 없다. 방은 물건으로 꽉 차 있다. 평생 동안 사다가 쌓아 놓았으니 많을 수밖에 없다. 하나서부터 열까지 다 필요해서 사다 놓은 것들이다. 물건을 살 때마다 기왕이면 장만이라 생각하고 비싸고 좋은 거로 골라가면서 사들였다. 나는 죽지 않고 영원히 사는 줄 알고 장만해 놓은 것들이다. 옷장에 들어가 보면 옷이 대관령 황태덕장에 황태 널어놓은 것처럼 걸려 있다. 거실에 가 보면 가구들이 스스로 알아서 제자리에 똬리를 틀고 앉아 있고, 다이닝 룸에도, 패밀리 룸에도 없는 게 없이 다 있다. 부엌살림도, 팬트리(Patry, 걸어서 들어갈 수 있는 마른 식재료실)를 보면 식재료들로 꽉 차 있다. 냉장고를 열어 보면 불고기 재 놓은 거, 수박 잘라 놓은 거, 산딸기 주스, 먹을 게 지천이다.

물건 하나부터 먹거리까지 눈에 보이는 대로 머리에 입력되어 있다. 입력된 만큼 뇌는 기억해야 할 것이 많아 무겁고, 일일이 마음을 써야 한다. 한정된 뇌 속에 행복이 찾아 들 영역을 장만이랍시고 사다놓은 잡동사니들이 다 차지하고 있다.

그동안 사귀어 놓은 사람들도 많다. 혼자서 사색이나마 하고 싶어도 아는 사람들로부터 수시로 방해받는다. 그러면서도 내 의견은 늘 가로막힌다. 뇌에 빈 공간이 없다. 여유가 없다.

한국에 와서 행복한 까닭은 다 내려 놓고, 다 벗어 놓아 뇌를 비워 놓았더니 두뇌에 행복이 들어설 영역이 넓어졌기 때문이다.

행복은 얼마만큼 비우느냐에 따라 이루어진다는 진리를 이제 겨우 깨달았다.

진달래꽃
동산에서

그 옛날 신라에서도 진달래꽃은 봄에 피었고 천 년이 지난 지금도 진달래꽃은 봄에 핀다.

세월이 빨리 돌아간다고 해서 진달래꽃이 일월에 피지는 않는다. 까발려진 세상에 누가 소식을 느려터지게 기다리고 있겠느냐만, 진달래꽃이 피기까지는 기다리지 않으면 안 된다.

한겨울 긴 동면을 겪고 나야 진정한 꽃의 아름다움이 나타난다.

꽃은 선택의 자유가 없다. 피고 지는 것도 그렇고 꽃을 피워야 할 장소가 마음에 안 든다고 스스로 자리를 옮겨 앉을 수도 없다. 인간의 삶이 스스로 창조해 가는 것임에 비하면 꽃은 선택되기만을 기다리는 서글픈 운명이다. 그렇다고 꽃에서 서글픈 표정은 읽을 수 없다. 꽃은 선택받기 위해서 온갖 아양을 다 떤다. 아양 떠는 꽃을 미워할 사람 누가 있겠는가?

한 번 지고 나면 말 짧은 생을 선택의 여신 앞에 불사르고 만다. 아마 불사르는 삶이어서 아름다운지도 모른다. 우리의 삶도 불사르는 삶이 아름답다. 신명나게 타오르는 삶처럼 아름다운 삶이 어디 있겠는가? 나도향의 『벙어리 삼룡이』를 떠올려 본다. 불속에 뛰어들어 자기의 사랑을 살려내고 아씨 품에 안겨 웃으면서 죽어가는 삼룡이의 사랑이 불꽃이 아니고 무엇이냐.
꽃처럼 불타는 생을 살다 간 사람들은 모두 아름답다.

인간이란 자연의 일부이기도 하지만, 자기의식을 갖춘 존재다. 더욱이 한국인은 마음(心)을 가진 존재다. 한국인의 마음은 인(仁)이 핵심을 이룬다. 어질 仁, 자애로울 仁, 사랑스러울

仁인 것이다. 결국, 전통적 인본주의의 계승인데, 불쌍한 것을 보면 측은한 마음이 생기는 것이 한국인의 마음이다.

꽃에도 영혼이 있다. 아니 혼(魂; 넋)보다는 오로지 영(靈)뿐이다. 영과 백(魄; 형체)이 존재한다. 정신까지야 말할 수 없지만 단순한 영은 존재한다. 산에서 본 진달래꽃은 나를 따라와 내 기억 속에 머물고 있다. 꽃의 영이 고정되어 있는 영상이 아니라 바람에 흔들리는 영상으로 돌아가신 내 어머니와 함께 나타난다. 천경자 화백의 〈꽃을 든 여인〉처럼 그렇게 나타나 존재감을 과시한다.

어찌 꽃에게 영이 없다 하겠는가?

진달래꽃잎 따서 먹어 본다. 아무 맛도 없다. 무(無)맛이 맛인 진달래꽃을 소년은 많이도 먹었다. 먹어도, 먹어도 배부르지 않는 진달래꽃을 혹시 배가 불러 오지나 않을까 해서 잔뜩 먹었다. 입술이며 입안이 온통 붉은 빛으로 물들었다. 부케처럼 한 묶음 꺾어 들고 집으로 가면서도 먹었다.

꽃으로는 배가 부를 수 없다는 것을 경험으로 터득하던 소년.

전쟁이 휩쓸고 지나간 산에는 진달래꽃밖에 없었다.

매미의
사랑 세레나데

매일같이 찜통더위다. 이럴 때는 집에 가만히 있는 게 상책이다. 나가 다녀봤자 땀만 난다.

움직이지 않고 있으면 에너지 소비가 적어서 밥도 적게 먹게 된다. 열기가 식어 가는 저녁쯤에 운동길에 나선다. 일산호수까지 걸어갔다 오는 데 한 시간이 소요된다. 걷는 길이 숲이어서 좋다. 도심 속에서 이런 숲길을 걸을 수 있다는 건 행운을 넘어 축복이다.

오늘도 어김없이 오후 6시에 길을 나섰다. 어제 걸었던 길 오늘 또 걷는다. 어제 들었던 매미 소리 오늘 또 듣는다. 매미도 비 오는 날을 용케도 안다. 비 오는 날은 입을 다물고 조용히 지낸다. 매미는 나무 수액을 먹고 산다는데 매미가 나무껍질에 매달려 있으면서 어떻게 나무 깊숙이 흐르는 수액을 마실 수 있을까?

옛날에 매미는 이슬을 먹는다고 했는데 지금은 수액이라고 한다. 수액에 과연 생명을 유지할 만한 영양분이 있기나 한 걸까?

숲길을 걷다가 모기에 물렸다. 눈 깜짝할 사이에 물고 달아났다. 팔목하고 엄지손가락을 물렸다. 걷느라고 발과 엇갈리게 팔을 흔들었음이 분명한데 언제 물고 달아났는지 알 수 없다. 한국은 모기도 잽싸다. 모기는 죽을까 봐 잽싸고 매미는 천적이 없어서 느슨한가 보다.

매미 우는 소리는 슬로우(Slow)다. 우는 소리만 들어도 알 수 있다. 힘없이 찌르르하고 울다가 끄트머리에 가서는 맥없이 슬로우로 끝맺는다. 매가리가 없이 들린다. 옛날 매미는 안 그랬다. 힘차고 줄기차게 울어 댔다. 멀리 십 리 밖에서도 들릴 정도로 우렁차게 울었다. 지금처럼 찌르르 하고 울지 않고 맴- 맴- 맴- 하고 길게 울었다. 듣기도 좋았다. 원두막에 앉아 참외라도 깎아 먹을라치면 매미가 노래를 불러 주었다. 지금처럼 소리공해로 들리지 않았다. 요즈음은 먹이사슬이 없어서 매미의 삶에 맥이 빠지면서 느슨해진 모양이다.

매미는 우는 걸까 노래하는 걸까? 예로부터 매미가 운다고 했으니 근거 없이 운다고 하지는 않았을 것이다. 그렇다면 우는 게 맞다. 우리는 매미 소리를 운다고 한다. 그러나 서양인들은 매미가 노래 부른다고 표현한다.

여기서 동서양의 문화 차이가 있다. 서양에서는 잔인하리만치 울지 않는다. 자식이 죽어도 통곡하며 우는 사람은 없다. 자식이 죽었는데 슬프지 않느냐고 물어보면 우리와 마찬가지로 슬프단다. 그러나 발버둥 치며 통곡하는 건 가증스럽다고 한다. 슬픔에도 격이 있다?

우리 민족은 슬픔을 즐긴다. 슬프면서도 즐거운 것 그게 우리의 정서다. 임권택 감독이 영화를 백 편도 넘게 촬영했는데 처음 찍었던 50여 편은 예술적 가치가 없는 통속물들이다. 돈 보따리를 싸들고 온 지방 제작자들을 여관방에서 만나면 각본도 없이 영화 촬영을 하라면서 눈물이 펑펑 쏟아지게끔 찍어 달라고 신신당부했다고 한다. 눈물이 쏟아져야 관객이 들어온다. 지금도 이 패턴은 바뀌지 않고 있다.

영화를 봐도 소설을 읽어도 가슴이 찡하도록 심금을 울려야 오래도록 잊히지 않는다.

"독자는 억눌려 있던 감정을 비극을 봄으로서 정화시킨다"
고 말한 아리스토텔레스의 글이 생각난다.

날개를 달고 짧은 마지막 생을 종족번식에 바쳐야 하는 매
미는 죽을힘을 다해 짝을 찾는다.

이성에게 노래로 애정표현을 하든지 아니면 울면서 호소
하든지 아무튼 이성의 마음을 열게 해야 한다. 어느 쪽이 더
감동을 주는지는 알 수 없으나 한국 매미들은 울면서 하는
호소에 약한 모양이다. 그래서 우리는 매미가 울고 있다고
믿는다.

한여름 더위 속에 매미소리마저 없다면 그 적막함을 무엇
으로 달래랴.

여름은
얼마나
행복한 계절인가

　더위를 모르고 살다가 이번에 한국에 와서 겪는 더위는 근본적으로 내 생각을 바꿔 버렸다.

　라스베이거스에 갔을 때 생각이 난다. 불볕 같은 태양 아래 푹푹 찌는 더위에 풀 한 포기 없는 사막 지대 라스베이거스를 방불케 한다. 여름 더위라는 걸 잊고 살다가 이번에 겪어 보고 정신이 번쩍 든다. 오후에 길을 나서면 지열과 음식점 에어컨에서 뿜어 나오는 열기가 마치 사우나 방에 들어간 것처럼 사람을 환장하게 만든다. 서 있는 차들 중에는 자기 몸 시원하자고 공회전하고 있는 차들도 있다. 쏟아내는 배기가스가 걷고 있는 사람을 얼마나 불쾌하게 하는지는 생각하지 않는다.

탁하고 후덥지근한 공기를 들이키며 잠시만 걸어도 머리에서 땀이 솟아 뒷덜미로 흘러내린다.

오래간만에 동생 부부를 잠실 전철역 분수대에서 만났다. LA에서 사는 동생네가 갑자기 서울에 나왔다고 연락이 왔다. 젊은 사돈댁 마나님 장례식에 참석하려고 왔단다. 아니, 팔팔하기가 새댁 같아 이제 겨우 60을 넘겼는데 돌아가셨다니?

강원도 산골짜기로 나물 캐러 갔다가 벌에 쏘였는데 산이 깊어서 전화도 안 터지고, 구급대원이 찾아오는 데 시간이 너무 오래 걸려서 결국은 돌아가셨단다. 듣기만 해도 기가 막힐 노릇이다.

잠실 지하철 광장은 이리저리 구멍을 뚫어 쇼핑 거리를 늘려 놨다. 늘리다 못해 아예 지하 백화점을 열었다. 땅속을 대낮처럼 밝혀 놓고 밤인지 낮인지 구별하려 들지 말고 그저 돈이나 펑펑 써 대라는 것 같은 느낌을 받았다. 두더지처럼 땅속을 헤집고 다니는 사람들이 마치 나는 첨단문화에 젖어서 산다는 자부심을 가지고 있는 것처럼 보이기도 했다.

'궁전'이란 식당에서 점심을 먹었다. 번쩍번쩍 으리으리하게 차려놓고 식당 내부를 이리저리 비틀어 차별화해 놨다. 맛은 별것도 아닌데 인테리어로 손님을 혼란스럽게 만들어 무엇을 노리려는가?

찜통 같은 무더위는 화제의 중심을 차지하고, 화제는 피서 방법으로 이어진다. 늙어가면서 피서 방법으로는 산으로 바다로 쏘다니는 것보다 집 마룻바닥에 누워 책이나 읽는 게 제일이라고 했다. 젊어서 책을 좋아했던 제수씨는 백내장 수술을 받고 난 다음부터는 책을 못 읽는다고 했다. 안 읽는 사람은 이래서 못 읽고 저래서 못 읽는 법이다. 읽는 사람은 이래도 읽고 저래도 읽는다.

나의 한여름 피서 방법은 집에서 뒹굴면서 책이나 읽는 것이다. 그것도 나이가 들다 보니 눈이 침침해서 오래 읽을 수도 없다. 오래는커녕 일이십 분만 지나도 금세 보이질 않는다. 안경을 새로 만들어 써 보지만 그것 역시 효험이 별로다. 안과에서는 안구가 건조해서 그렇다면서 '카이닉스 점안액'을 사용해 보라고 한다.

노안에는 약도 소용없다. 한동안 책을 읽지 못했다. 그러다가 한 가지 묘안이 떠올랐다. 안경을 끼고 책을 읽되 그 앞에 커다란 돋보기를 들고 글씨를 보면 눈에 피로감이 덜하다는 걸 알게 되었다. 왼손으로는 책을 들고 오른손으로는 둥근 돋보기를 들고 안경은 안경대로 끼고 책을 읽는 모습이 웃기고도 남는다. 남이 볼까 봐 아무도 보지 않는 데서만 책을 읽는다. 좀 불편하기는 해도 눈이 피로하지 않다는 게 얼마나 다행인가. 그동안 읽지 못하던 때를 생각하면 매우 만족스럽다.

내가 아는 할머니 생각이 떠오른다. 할머니는 포르투갈에서 이민 온 지 오래됐다. 나이가 94세여서 지금은 딸에게 얹혀살고 있다. 유럽에서 온 사람들이 그렇듯이 신앙심이 강해서 지금도 틈만 나면 성경을 읽는다. 그런데 할머니의 성경 읽는 모습이 우스워서 못 봐 주겠다. 시계 수리하는 사람들이 한쪽 눈에 끼는 외가닥 현미경 같은 돋보기를 끼고 성경을 읽는다. 뭐가 보이느냐고 했더니 글씨가 크게 보여서 성경 구절 읽는 데는 별반 지장이 없다고 한다.

지금 내 모습이 그 짝이다.

　밖은 연일 더워서 30도를 넘는 날이 계속되고 있는데 나가
다닌다는 걸 생각하면 아찔할 뿐이다. 이럴 때는 마룻바닥
에 누워 책이나 읽으면서 소일하는 게 제일 좋은 피서다. 누
워서 뒹굴다 보면 배 곯은 줄도 모른다. 끼니가 되었는데도
그냥 지나치기 일쑤다.

　저녁 7시가 되면 해가 서쪽으로 거의 넘어간다. 반바지에
소매 없는 셔츠를 입고 운동하러 나선다. 더워서 모자도 안
쓰고 손에는 수건 하나 달랑 들고 나선다. 걷다 보면 땀이
비 오듯 흐른다. 수건 없이는 흐르는 땀을 감당하기 어렵다.
다행히도 숲길을 걸을 수 있어서 좋다. 이 더위에 누가 걷기
를 즐기겠는가. 아무도 없는 숲길을 나 홀로 걸어서 좋다.

　일산 호수 근처까지 갔다가 돌아오면 딱 한 시간이 걸린다.
찬물에 샤워해도 땀은 쉴 새 없이 흐른다. 땀도 고집이 있어

서 흐를 만큼 흘러야 멋는다. 한여름 피서가 땀과 함께 찾아들 때쯤이면 도로변 의자에 앉아 편의점에서 들고 나온 맥주 깡을 터트린다.

처음 마시는 시원한 한 모금이 여름은 얼마나 행복한 계절인가를 느끼게 해준다.

옛날에는 이 더위를 어떻게 극복했는지 기억이 잘 나지 않는다. 그늘을 찾아다니면서 쉬지 않았나 싶다. 그늘 중에는 고목 밑의 그늘을 최고로 안다. 건물이 만들어 내는 그늘은 땅의 열기가 살아 있어서 여전히 더운데 나무는 열기를 흡수해 버리기 때문에 나무 밑은 열기가 없어서 시원하다. 웃물에 담가 두었던 수박 한 덩어리 쪼개서 나눠 먹으면 더위가 가셨었다.

정 더우면 부채질을 하면 더위가 사라졌다. 지금은 수박을 냉장고에 얼리다시피 해서 먹어도 더위는 안 가신다. 부채를 아무리 빨리 부처 대도 소용없다. 선풍기 앞에라도 가야 옛날 부채질만 하다.

옛날에는 더위가 약했다고? 그렇지 않다. 옛날에도 더웠다. 그러나 그때는 녹색 숲이 있었다. 숲을 지나온 더위는 지금처럼 성깔을 부리지는 않았다. 더위도 유순하고 부드러웠다.

지금은 가도 가도 시멘트 숲뿐이니 더위도 짜증이 나리라. 거기에다가 더위보다 더 뜨거운 자동차 배기가스나 에어컨에서 뿜어내는 열기가 더위를 이기려고 드니 더위도 기가 막힐 것이다. 짜증 난 더위가 기승을 부리는 데는 다 이유가 있다.

이제 와서 누구를 탓하랴. 연일 더워서 못 살겠다고 아우성치는 인간, 뒤돌아보고 뉘우칠 일이다.

어제 갔던 길
오늘 또 걷는다

가을날, 어제 갔던 숲길 오늘 또 걷는다. 도가(道家)에서 도 (道)는 자연(自然)이라 했다. 길은 자연이라는 말이다. 여기서 자연은 '自(스스로 자)', '然(그러할 연)'으로 자연은 스스로 그렇 다는 말이다. 길은 스스로 그러하다는 이야기이다. 지금 말 하고 있는 길은 도(道)이며 사람이 살아가는 길을 말한다.

　노자의 『도덕경』에 보면 이런 말이 있다.

　도(道)란 보아도 보이지 않고 들어도 들리지 않고 만져도 만

저지지 않는 것이다. 그래서 모양 없는 모양이요, 모습 없는 모습의 무형이다. 그러나 도(道)의 비롯함을 잡으면 이로써 오늘의 현상을 다스릴 수 있다. 천지의 근원이며 본질이 도(道)이기 때문이다.

도는 삶의 길이라고 말한다.

김영삼 전 대통령이 즐겨 쓰시던 '대도무문(大道無門)'이 생각난다. 대도만 문이 없는 게 아니라 오솔길도 문은 없다. 문 없는 길은 이미 존재해 있고 나는 그중에 길 하나를 선택해서 걷고 있을 뿐이다.

어떤 이는 평평한 대로를 걷고, 어떤 이는 산길을 선택해서 고행을 자처한 사람도 있다.

나는 오솔길을 택했다. 한 사람만이 걸을 수 있는 좁은 오솔길 말이다. 길은 어디서 시작했는지, 어디서 끝나는지 알 수 없다. 나는 다만 어느 구간을 걷고 있을 뿐이다. 다행인 것은 길이 평화롭다는 것이다. 나보다 먼저 걸어간 사람들은 수난의 길이었다는 것을 역사를 통해서 알 수 있다.

나의 길 걷기가 끝나는 날, 누군가는 내 뒤에서 이어 걸을 것이다. 앞으로 다가올 길이 어떠할지는 알 수 없다.

500년 전 중국 학자 왕수인(王守仁, 1471~1528)은 지행합일

(知行合一)설을 주장했다. 선지후행(先知後行), 먼저 알고 행동하는 것이 아니고 행동하면서 아는 것도 아니다. 아는 것과 행하는 것은 원래 같은 것이다.

그렇다. 내가 알고 걷는 것도 아니고, 걸은 다음에 아는 것도 아니다. 걸으면서 아는 것이다. 걷다 보면 눈에 들어오게 되고, 느끼게 되고, 알게 된다. 인생도 그렇고 하다못해 운동길도 그렇다.

걷다 보니 별 걸 다 알게 된다. 가끔씩 스쳐지나가는 사람이 있다. 남녀가 스쳐지나가는 것이 그냥 아무 의미 없는 것 같지만, 그러한 순간이 있음으로써 옷깃을 다듬고 긴장을 늦추지 못하는 것이다. 잘못 걸려온 전화에 어떻게 대답해 주느냐에 따라서 다음 결정이 영향을 받기도 한다. 아무것도 아닌 것 같아도 조물주는 하나하나에 의미를 부여하셨다.

날씨 덥던 날 그 많던 매미는 다 어디로 갔나?

죽었다면 사체라도 눈에 띄어야 할 게 아닌가?

빈둥빈둥 놀고먹는 팔자는 아무도 모르게, 사체도 없이 사라진다는 진리를 보여 주는 것 같아 쓴웃음이 절로 난다.

천상천하 유아독존
天 上 天 下 唯 我 獨 尊

　일산 백석동 동네 골목길 사거리 코너에 작은 식료품점이 있고, 마주보는 길 건너에는 중형 식료품점이 있다. 중형 식료품점은 붉은 색 조명을 켜 놓은 정육점도 겸한다. 손님도 꽤 많은 편이어서 무엇 하나 물어보려고 해도 주인 얼굴 보기가 힘들다. 어찌어찌 기회가 와서 주인에게 물어보면 대답이 시원치 않다. 시시한 손님인 주제에 왜 귀찮게 구느냐는 것 같은 느낌도 받는다.

　길 건너 작은 식료품점은 육류도 없고 물량도 딸려서 그런지 손님도 별로 없다. 당연히 물어보면 자세히 설명해 준다.

아이가 하나나 둘쯤 있어 보이는 젊은 부부가 열심히 운영하는 가게로 보인다. 나는 왠지 이런 가게가 마음에 든다. 도와주고 싶고, 가고 싶다.

새벽 4시에 잠이 깨서 뒤척인다. 아직 식료품 구멍가게가 문을 열기에는 좀 이른 것 같아서 6시가 되기를 기다렸다. 어젯밤에 미국에서 오자마자 홈플러스에 들러 몇 가지 식료품을 사 오기는 했다. 그러나 쌀과 두부는 식료품 구멍가게에서 팔아주려고 그냥 지나친 것이다. 홈플러스에서는 국적 불명의 쌀을 오늘 도정한 쌀이라고 적어 놓고 판다. 경품 주겠다고 개인정보를 받아 팔아먹는 사람들이 붙여 놓은 스티커를 믿어도 되는지 의문이 든다. 그보다도 동네 구멍가게에서는 파주 쌀을 판다. 파주 쌀은 이 지역 농산물이다. 한 번 먹어 봤는데 맛도 좋다. 같은 값이면 지역 쌀을 소비해 주는 것이 좋을 것이다.

6시가 되면서 날이 밝아 온다. 새벽공기는 아무래도 차가울 것 같으니 잠바를 걸쳐 입고 모자를 써야겠다. 내게는 모자가 8개나 있다. 야구모자가 7개 있고 헌팅캡이 하나 있다. 어느 작가의 『여덟 개의 모자로 남은 당신』이라는 책 제목이 생각난다. 남편이 암으로 죽었는데 항암치료를 받으면서 머리가 다 빠지는 바람에 모자를 쓰기 시작했다는 이야기다.

결국은 돌아가시고 난 다음에 남은 것은 모자 여덟 개뿐이라는 글이었다.

내게 있는 모자들은 주로 등산 갈 때 쓰느라고 마련한 모자들이다. 여행 다니다가 마음에 드는 모자가 있으면 하나씩 샀더니 그렇게 됐다. 한번은 여행사를 따라 갔는데 '블랙야크' 등산용품 사장이 동행하면서 모자를 하나씩 나눠 줘서 얻어 온 것도 있다. 내가 좋아하는 야구팀 A's와 미식축구팀 Raider's의 로고가 모자 정면에 붙어 있는 것도 있다. 가끔 친구가 들르면 모자가 많다면서 써 보고 마음에 드는 모자는 가져가기도 했다.

그중에 내가 아끼는 모자는 짙은 녹색에 감색 글씨로 'Cal' 로고가 있는 모자다. Cal은 버클리 대학 로고다. 아들이 대학에 다닐 때 쓰던 모자인데 집에서 나뒹굴기에 가져온 것이다. 오늘 새벽에는 녹색 잠바를 입었으니 녹색 모자가 어울릴 것 같아서 Cal 모자를 썼다. 사실 나로서는 이 모자를 미국에서나 한국에서나 쓰고 다니지 못한다. 쓰고 나가면 언뜻 보기에 마치 버클리 대학 출신인 것처럼 비춰질 것 같아서다. 공연히 오해의 빌미를 주고 싶지 않다.

오늘처럼 사람들이 없는 새벽에 잠깐 쓰는 건 괜찮다는 생각에서 쓰기로 했다. 모자를 쓰고 구멍가게 식품점으로 가면서 장인어른이 생각난다.

둘째 처남이 육사를 졸업하면서 받은 졸업 반지를 장인어른이 끼고 다니셨다. 아들이 얼마나 자랑스러우면 아들의 반지를 직접 끼고 다니셨겠나 하는 생각이 든다. 반사적 광영을 받으려는 보상심리에서였을 것이다. 나는 용기가 없어서 사람 없는 데서나 겨우 아들의 모자를 쓰고 다니는 것뿐이지 속마음은 같다.

구멍가게는 열려 있었고 손님은 아무도 없다. 쌀과 두부, 참외묶음을 들고 계산대에 섰다. 젊은이가 검은 비닐봉지에 넣어 준다. 나는 알아두어야 하겠기에 몇 시에 가게 문을 여는가 물었다. 24시간 연단다. 밤새도록 연다는 바람에 나는 잠시 어리벙벙했다. 부부 단 둘이서 24시간을? 하루도 쉬는 날 없이? 언제 만나서 사랑은 언제 나누고? 치열하고도 처절한 삶의 투쟁이라는 생각이 든다. 무엇이 이 젊은 부부를 욕망의 늪에 빠지게 만들었는가? 돈이 무섭기는 무섭다. 하기야 저 나이이면 목숨보다도 돈이 더 귀하게 보일 때이다.

나는 미국에서 오랫동안 살면서 두 부부가 밤새도록 일하는 케이스를 여럿 보았다. 그러다가 갑자기 죽었다는 이야기도 여러 번 들었다. 낮에는 일하고 밤에는 자야 하는 자연의 순리를 거스르는 건 위험한 일이다. 엿새는 일하고 하루는 쉬라고도 했다. 어느 날 정신이 들면서 돈보다 목숨이 귀한 걸 알게 될 때쯤이면 이미 늦어버렸을지도 모를 일이다.

그 옛날, 부처님은 이런 세상이 오리라는 것을 알고 계셨나 보다.

'천상천하유아독존(天上天下唯我獨尊)'이라고 설파하신 걸 보면…….

PART 3.

또 다시 미국에서

가을 하늘

아침인데도 하늘에 먹구름이 짓누르고 있어서 어둡기가 한밤중 같다. 집 안에 불을 다 켰다. 지난밤에 내리던 비가 날이 밝았는데도 비실비실 끝날 줄 모른다. 오늘은 온종일 비가 올 모양이다.

KBS 〈다큐 공감〉을 보다가 깜박 졸고 났더니 해가 반짝 나 있다. 벌써 오후도 한참 지나 저녁으로 치닫는다. 찬란한 햇살이 아까워 운동복으로 갈아입고 걷기로 했다. 해가 눈부시게 쏟아진다. 선글라스를 꼈다. 모처럼 긴 코스를 선택했다. 적어도 한 시간 반은 걸어야 하는 코스다.

바람이 산들산들 분다. 혼자 걸으면서 이태준의 「돌다리」

를 듣는다. 1930년에 쓴 소설인데 지금 들어도 현실감각이 전혀 뒤떨어지지 않는다. 클래식 음악이 대중 음악과 다른 점은 클래식은 유행을 타지 않고 언제 들어도 좋은 음악이라는 점이다. 이태준의 작품은 시대를 초월하는 게 고전에 속할 것 같다.

언덕 위에 다다르니 샌프란시스코 항만 전경이 펼쳐진다. 오른쪽 나무 옆 먼 곳의 빌딩이 샌프란시스코 다운타운이다. 왼편 오클랜드 공항에 착륙하는 항공기가 조용히 그것도 사뿐히 내려앉는 모습이 지극히 평화롭다.

하늘은 맑고 푸르다. '언제 비가 왔더냐?' 하는 짝이다. 아침에는 왜 빗발을 날렸느냐고 따질 수도 없는 게 하늘의 짓은 따져 봤자 헛것이라는 걸 알고 있기 때문이다. 땅의 일도 하나님 맘대로인데 하물며 하늘 일이야…….

살다 보니 내 인생도 가을과 겨울 사이에 서 있다. 어려서는 그렇게도 무서워했던 죽음도 서서히 친근감이 다가온다. 죽는다는 게 별것이더냐, 스티브 잡스도 죽었는데. 청명한 하늘을 바라본다. 가을 하늘이 더없이 맑고 깨끗하다.

하늘나라에 먼저 간 사람들, 가서 만나면 보나마나 왜 이렇게 늦게 오느냐고 힐난할 게 뻔하다. 만나면 말해 주리라.

세상이 좋아져서 나도 모르게 오래 살다 보니 늦어졌다고. 지금은 이게 보통이라고……

한마디 덧붙여 말해 주리라.

백세까지 살다가 가라는 걸 겨우 빠져나왔노라고……

동서양인의
생각 차이

　나는 가끔 미국에서 나서 자란 우리 아이들과 의견충돌을 일으키곤 한다. 서로 생각하는 게 달라서 벌어지는 현상이다. 오늘도 어른이 된 아이들과 외식을 하다가 한바탕 웃은 일이 있다. 나는 오른 손바닥을 가슴에 대면서 "친구는 마음으로 사귀어야지 머리로 사귀어서는 안 된다" 했다. 진심이 통하는 친구여야 한다는 취지에서 한 말이다. 그랬더니 아이들이 깔깔대고 웃는다. 마음은 가슴에 있는 게 아니라 뇌에 있다고 하면서 이마를 짚는다. 마음이 어째서 뇌에 있는가? 마음은 당연히 가슴에 있어야 하는 게 아니겠는가.

물론 마음이 어떤 생각을 하는 기능이 있는 것은 아니다. 그러나 마음으로 느끼는 것이 곧 생각이다. 생각이야 머리가 하는 거지만 마음 씀씀이라든가, 마음가짐이 행동으로 나타나는 것이 옳지 머리를 굴려가며 행동하는 게 옳겠는가? 마음은 심정을 의미하고 심정은 정으로 통하는 거다. 미국인들의 정머리 없는 행동은 마음은 쓰지 않고 머리만 굴려 대서 나타나는 현상이다.

그뿐만이 아니다. 가슴에 손을 얹고 "양심껏 살아야 한다" 했더니 아이들이 깔깔대고 웃어 댄다. 양심(Conscience)은 가슴에 있는 게 아니라 뇌에 있다면서 역시 이마를 짚는다. 양심이란 '어질 양(良), 마음 심(心)', 어진 마음이란 뜻인데 양심이 어떻게 뇌에서 나온다는 말인가. 과학사회라는 게 양심은 말라 가고 머리로만 모든 걸 생각하다 보니 계속해서 법규만 만들어 가고 그와 비례해서 범죄만 늘어나는 것 같아 안타깝다. 뇌가 작용하는 생각 하나만 가지고 사는 미국인들보다 마음 따로, 양심 따로 그리고 생각도 가지고 살아가는 우리는 느끼는 게 더 많아 더 행복한 게 아닌가 하는 생각도 든다.

가슴과 뇌, 두 군데로 생각할 수 있는 우리는 역시 행복하게 지내라고 선택받은 국민이 분명하다.

여기서 동서양의 의학을 살펴보자.

한의학에서는 심장이 정신, 즉 뇌의 역할을 했다. 언뜻 듣기에 생소하지만, 자고로 한의학에서는 뇌의 기능에 대해서 잘 몰랐다. 뇌는 그냥 눈물이나 콧물을 생산하는 기능 정도로 인식했다. 뇌의 기능은 심장이 한다고 보았다. 그 대신 서양의학에 없는 경락이 있다. 인간의 생각과 기능을 통합적으로 이어 가는 것이 경락이라고 보았다. 경락은 눈에 보이지 않기 때문에 과학적으로 증명할 수는 없다. 그러나 바람이 보이지 않는 것과 같다고 할 수 있다. 우리는 깃발이 펄럭이는 것을 보고 바람을 감지한다. 경락도 그와 같다.

한방에서는 심장을 무형의 심장과 유형의 심장으로 나눴다. 무형의 심장이 고차원적인 정신세계로서 뇌의 기능을 한다고 보았다. 다시 말해서 무형의 심장, 곧 마음이 생각한다고 보았다. 유형의 심장은 연꽃같이 생겼으며 중앙에 구멍이 7개 있는데 지식이 많은 사람은 구멍이 7개에 털이 3개, 보통 사람은 구멍 5개에 털이 2개, 아둔한 사람은 구멍이 3개에 털이 1개로 보았다. 이런 황당한 이론이 어디 있느냐고 할지 모르겠으나 심장이 곧 뇌라고 보았을 때 나타날 수 있는 혼동이라고 보면 이해가 된다. 우리 조상이 발전시킨 성리학에서 보여 준 심장 구조이다.

도교나 유교에서의 정신세계는 좀 다르다. 동양에서는 유교 사상 때문에 해부학이 발달할 수 없었다는 점을 고려해야 한다. 후일, 청나라 때에 왕청임(王淸任, 1768~1831)은 고대 의서에 나오는 해부학 내용에 의문을 제기하여 100여 구의 시체를 해부해 보고 '신건개정장부도'를 그렸고 양심과 마음이 뇌의 기능이라는 사실을 밝혀냈다.

성리학에서 마음의 구조를 보면 중앙에 영(靈)이 있는데 영은 순수하고 귀한 것이어서 변하지 않는 존귀한 존재이다. 영을 둥글게 둘러싸고 있는 것이 혼(魂; 넋)이다. 혼은 말하고 생각하고 느끼는 감정이 있다. 영과 혼을 둘러싸고 있는 것이 백(魄)이다. 백은 혼백 하면 가장 원초적인 정신 능력으로서 예를 들면 배고프면 먹고, 자고 싶으면 자는 식의, 생존을 위해서 필요한 기본적인 정신 능력을 말한다.

사망하면 정신이 분리되어 영과 혼은 하늘로 올라가고 백은 흙으로 돌아간다. 그러므로 음양(陰陽) 논리에 의해서 백은 음에 해당하고 영혼은 양에 해당한다. 영혼은 없고 백(魄)만 남아 있는 현상을 좀비라고 부른다. 생각 없이 행동하는 걸 일컫는다. 동양에서는 백(魄)만 가지고 있는 것을 강시(僵

屍: 중국의 흡혈귀 겸 좀비)라고 부르기도 한다.

반면, 서양에서는 해부학을 통해서 뇌의 기능이 일찍부터 밝혀졌다. 그리스의 플라톤은 뇌로 생각한다고 했고 아리스토텔레스는 심장이 인지한다고 보았다. 영혼이라는 말은 희랍어의 '프시케'에서 온 말이다. 영어로는 Psyche이다. 인간은 영혼을 가지고 살아가는 존재이며 또한 생각하는 존재이다. 아우구스티누스(Aurelius Augustinus)는 영혼이라고 하는 것은 천상과 지상을 연결해 주는 사다리 같은 것이라고 했다. 그래서 우리의 깊은 내면에서 기억의 심오함과 신의 목소리를 발견한다고 보았다.

서구의 중세는 기독교 사회였기 때문에 모든 것은 하나님이 주관한다고 믿고 있었다. 헬레니즘은 눈으로 보는 것에 중점을 두었고, 헤브라이즘은 신의 목소리를 듣는 것에 중점을 두었다. 그러면서 신은 볼 수 없는 존재이고, 신을 보는 순간 죽으며, 오직 목소리로 들을 수만 있다고 보았다.

17세기 신에 얽매어 있던 인간을 데카르트의 주체 철학이 해방시켜 주었다. 데카르트는 이원론을 주장하면서 인간은 몸과 마음 두 개로 이루어져 있다고 했다. 그러면서 "나는 생각한다. 고로 존재한다"라는 유명한 명언을 남겼다.

데카르트 이전의 중세 사람들은 미처 스스로 생각한다고 깨닫지 못했다. 신이 내게 이러이러한 생각을 하도록 해 준다고 믿었다. 이것이 데카르트가 인간의 의식을 깨우치는 "나는 생각한다. 고로 존재한다"는 말을 하여 센세이션을 일으켰던 이유이다.

영혼은 몸으로써 지각하기 때문에 이미 몸의 관점을 내포하고 있다. 몸으로써 지각된 세계는 체험으로서 감지된 대상이다. 19세기 불란서 철학자 메를로 퐁티(Maurice Merleau Ponty)는 몸의 철학에서 영혼과 몸은 분리된 게 아니라 항상 육화되어(Embodied) 있다고 보았다. 세상과 영혼이 겹치는 부분이 몸이라고 했다.

다시 마음과 양심, 정신으로 돌아가서 현대는 문화 중심주의, 즉 사회중심주의로 발전해 왔다. 그러므로 서양 중심주의 교육 속에서 살아 왔다. 동양 중심주의 DNA가 몸속에 잠재해 있으면서 서양 중심주의 교육을 받아온 우리 세대는 혼란스러울 때가 많다.

그러나 알고 보면 동양철학이 더 심오한 면이 많고 한의학이 더 조리 있다는 사실을 발견하게 된다. 서양의학에서는 병균이 침범했기 때문에 발병한다고 보지만, 한의학에서는 질병 때문에 균형이 무너지는 것이 아니라 균형이 무너졌기 때문에 질병이 찾아오는 것으로 본다.

오늘날 암이나 성인병은 균형이 무너져서 발생한 질병이 아니더냐?

우리 조상의 기본 철학인 성리학에서 마음은 성정(性情; 성질과 마음)과 칠정(七情; 일곱 가지 감정)으로 구분되어 있다. 성정 중앙에 성(性)이 존재하는데 성(性)은 영(靈)에 해당되며 이는 하늘에서 내린 기본적인 자아(自我)다. 또한, 성(性)은 이(理)로서 좋은 감정에 속하며 네 가지 정(情)이 있는데 인(仁), 예(禮), 의(義), 지(智)가 그것이다. 仁은 불쌍한 것을 보면 측은한 마음이 생기는 것이고, 禮는 예의를 지키는 마음, 義는 의를 지키는 마음, 智는 시비를 가리는 마음으로 이 네 가지가 성정에 속한다. 칠정은 희(喜; 기쁠 희), 노(怒; 성낼 노), 애(哀; 슬플 애), 구(懼; 두려워할 구), 애(愛; 사랑 애), 오(惡; 미워할 오), 욕(慾; 욕심 욕)이다.

성정이 자아로 이어지면 선한 행동이 되고, 칠정이 자아에 영향을 미쳐 칠정과 성정이 혼합되면서 자아가 악행으로 향할 수 있다. 이렇게 성리학에서 마음을 연구 분석한 부분은 서양에는 없는 매우 합리적인 이론이라고 볼 수 있다.

이와 같이 심오한 성리학을 알지 못하는 우리 아이들이 뇌의 기능만 내세워 과학의 잣대를 들이대는 것을 보면서 대부분의 서양인들 사고가 이러하다는 생각이 들었다.

동서양을 다 알고 있는 유리한 고지에서 대화를 나눌 수 있다는 것이 한국인만이 갖춘 장점이라고 할 수 있다.

사진의
운명

　미국에는 도시마다 골동품상이 하나둘은 있기 마련이다. 내가 보기에 골동품이라기보다는 민속품 정도인데도 버젓이 골동품이라고 한다. 실제로 보면 거의 다 별것 아닌 것들이다. 그중에 백 년은 됨직한 누렇게 변색된 가족사진이나 개인사진도 진열해 놓고 판다. 옛날 헌집에 걸려 있던 사진 같기도 하고, 다락에서 굴러다니던 앨범 속 사진 같기도 한, 남루하고 퇴색한 인물사진들을 팔고 있다. 저런 것도 골동품에 속하나 하는 생각이 든다. 사진 속 인물들은 이미 이 세상 사람이 아니다. 우리네 정서로는 조금은 섬뜩한 기분이 든다. 사진 속 장소가 어디인지, 앉아 있는 인물이 누구인지 알 바 없다. 역사적 인물이나 연예인도 아닌 그저 오래됐다는 이유 하나만으로 팔려나가는 사진들. 사진 속 인물의 의지와는 상관없이 사진이 지금껏 살아남았다는 게 돈으로 환산되는 것이다.

작은 누님이 유방암으로 항암치료를 받으면서 스스로 오래 살지 못할 것 같은 생각이 들었던 모양이다. 하루는 집 정리를 하면서 옛날 사진들을 모아 내게 건네주었다. 우리 형제들 중에 네가 막내이니 가장 오래 살 것 같아서 주는 거란다.

사진들을 뒤적여 보았다. 이미 다 보았던 사진들로 대부분 돌아가신 어른들의 사진이다. 미국에서 나서 자란 우리 아이들은 한 번도 본 일 없는 친척 어른들 사진이다. 그냥 골동품처럼 보아 넘겼다. 오래된 사진들은 버릴 수도 없는 것이지만 그렇다고 자식들에게 물려주어도 환영받지 못하는 물건들이다.

어느 글 중에 "시어머니가 돌아가시고 났더니 쓰레기만 남았더라"라는 며느리의 이야기를 읽은 기억이 난다. 아무튼 누렇게 변색된 사진들을 받아 오기는 했으나 뾰족한 대책도 없이 책상 귀퉁이에 처박아 놓고 잊어버리고 살았다. 천덕꾸러기로 돌변한 옛날 사진들은 그렇게 구석진 곳에서 세월을 보내야만 했다.

얼마 전에 서울 강남에서 부자로 살고 있는 외사촌 누님이 나의 집을 방문한 일이 있다.

만나면 늘 흘러간 날들을 회상하면서 애들 적 이야기로 꽃을 피운다. 그중에서도 6·25 때 일들은 더없이 재미있는 추억의 클라이맥스를 이룬다. 외사촌 누님이라고는 해도 어려서부터 한 가족처럼 살았기 때문에 같이 피난 갔던 일이며 공산치하에서 지낸 일들은 서로가 공유하고 공감하는 이야기들이다. 6·25 당시 나는 7살이었고 누님은 고등학교 학생이었다. 한창 예민한 나이였던 누님은 어디선가 인민군 노래며 김일성 노래들을 배워오곤 했다. 나는 집에서 따라 불렀다. 누님과 추억을 이야기하는 동안은 웃음이 끊일 줄 모르는 행복한 시간이다. 이때야말로 돌아가신 어른들이 다시 살아나 이야기 마당에서 오고가며 사건의 일말을 거들기도 한다.

사실 6·25 전쟁 통에 피난 보

따리를 쌌다 풀었다 하다 보면 사진 같은 건 별로 중요한 물건이 아니어서 다 잃어버렸고 남아 있는 게 없다. 거기에다가 1950년대, 1960년대 못살던 시절, 이사 다니느라고 있던 것도 다 버려서 말로만 있었지 실제로는 없다. 내게서 천덕꾸러기 취급을 받는 사진도 일찍이 작은 누님이 미국으로 들고 온 덕분에 지금껏 남아 있는 사진들이다. 그러다 보니 사실 우리 세대에게는 귀한 사진들이어서 함부로 취급해서는 안 되는 것이다.

이야기가 6·25에서 옛날 사진으로 흘러가서 내가 지니고 있는 사진들을 보여 줬다.

몇 장 안 되는 사진들 중에서 외할머니와 딸 다섯이 같이 찍은 사진은 외사촌 누님의 입을 쩍 벌어지게 만들었다. 내가 알고 있기로는 나의 어머니가 19살 처녀시절에 찍은 사진이라고 했으니 외사촌 누님의 어머니인 나의 이모님은 그보다 두 살 위이시므로 21살 꽃다운 나이다.

누님은 이런 사진도 있었나 하면서 젊은 어머니를 처음 대하며 감격에 겨워했다. 사진 속의 사람들은 그 시절 그 순간을 말하고 있는 스토리 텔러다.

외할머니가 19살에 시집을 오셔서 딸 넷에 아들 하나를 낳으셨다. 옛날에는 아기 낳다가 죽는 일이 많아서 외할아버지의 첫 번째 부인이 딸 하나를 낳고 돌아가셨다고 한다. 두 번째 부인은 아들 하나를 낳고 돌아가셨고 세 번째가 나의 외할머니다. 외할머니는 똑똑하셔서 혼자서 한글을 익혀 편지도 스스로 쓰셨다. 사진 속 외할머니는 한복 두루마기를 곱게 입으시고 머리에는 조바위를 쓰고 중앙에 앉아 계셨다.

이미 혼인한 큰 이모님과 둘째 이모님은 흰 치마저고리를 입고 셋째 이모님은 색깔이 있는 치마에 흰 저고리를 입으셨다. 아직 처녀였던 나의 어머니와 앉아 있는 막내 이모는 할머니처럼 두루마기를 입으셨다. 막내 이모는 검은색 두루마기를 입으셨는데 나의 어머니는 양복지로 만든 두루마기를 입고 서 있다. 어머니와 막내 이모는 머리 중앙에 가르마를 타고 앞머리 두 가닥이 이마로 늘어지게 내버려 두신 걸로 보아 당시 처녀들의 멋부리기로 보인다. 앉아 있는 막내 이모는 한 손을 두루마기 주머니에 넣었고, 서 계신 나의 어머니는 왼손으로 가볍게 주먹을 쥐고 있다. 언뜻 보아 한껏 멋을 부리신 게 아닌가 여겨진다.

한 번 찍힌 사진은 다시 지울 수 없다. 그 표정 그 모습 그대로 영원히 그 자리에 서 있어야 한다. 시간은 점, 점, 점들로 이어져 길게 만들어지는 것이니 사진은 한 순간의 '점'이었을 것이다. 한 순간의 점이 100년 전 내 어머니의 모습을 되살려 놓고 있는 것이다. 이 사진이 없었다면 나의 어머니도 처녀시절이 있었다는 걸 어찌 믿을 수 있겠는가?

그리고 두 번째 사진은 6·25 전, 이모부가 삼척 정라진에서 개업의로 병원을 열었을 때 '자혜병원'이라고 쓰인 간판이 걸려 있는 정문을 배경으로 찍은 사진이다. 이모와 이모부가 의자에 나란히 앉아 있고 조수 두 사람이 뒤에 서 있는 모습이다. 누님은 사진 속의 그 옛날 부모님을 만져 보면서 보물을 찾은 것처럼 기뻐하고 한없이 들여다보며 좋아하셨다. 그리고 이 사진은 자기가 가져가겠다고 했다.

옛날에는 사진도 귀해서 한 번 찍으면 친척들에게까지 나눠 주기도 했고 깊이 보관하는 귀한 물건이었다. 누님은 매형까지 불러들여 사진을 보여 주면서 부연설명을 해 주기도 했다.

사실, 누님은 아버지가 의사였으나 6·25를 겪으면서 두 분다 일찍 돌아가시는 바람에 아무것도 남은 게 없다. 심지어 사진도 한 장 없어서 말로만 의사였지 증명할 만한 것은 없었다.

그렇게 평생을 살다가 늘그막에 증명사진이 발견되었으니 딸들이며 사위, 손자들 보기에 얼마나 자랑스럽겠는가. 기뻐서 어쩔 줄 몰라 하는 누님을 보면서 그림이나 사진이나 만나야 할 사람을 만나야 그 가치가 빛나고 살아난다는 평범한 진리를 다시 깨닫는다.

가치를 아는 이에게 오래된 사진은 역사의 보물이며 이야기꾼의 역할을 톡톡히 하고도 남는다. 사진 속에 등장한 주인공은 물론이려니와 주변 인물과 배경이 단편소설 한 편 분량의 이야기를 간직하고 있기 때문이다.

사진도 수명이 있어서 찍자마자 버려지는 사진이 있는가 하면 영원히 살아남는 사진도 있다. 주인이 간직하고 있을 때는 물론 귀한 사진이다. 그러나 주인을 떠난 사진은 어디로 가서 어떻게 되는지 그 운명을 알 길이 없다. 어쩌다가 운이 좋아 마지막까지 살아남은 사진은 인터넷에서 떠돌아다니거나 골동품상 진열대에 서 있게 될지도 모른다.

골동품상에 진열된 낡은 사진들을 보면서 모래알처럼 수많은 사람들이 살다가 갔을 터인데 어쩌다가 저 사람은 여기에 남아 한 시대를 증언하게 되었는지 그 기구한 운명을 생

각해 본다. 사진 속 인물이 살아생전 자신의 사진이 골동품
상에서 팔려 다닐 것을 알았다면 과연 동의했을까? 자신의
사진이 인터넷에서 귀신처럼 떠돌아다니는 걸 허락했을까?

만일, 백년 후에 나의 사진이 골동품상 한쪽 벽에 유령처
럼 걸려 있게 된다면?

유령처럼 인터넷에서 정처 없이 떠돌아다닌다면?

생각만 해도 끔찍하다.

성장
호르몬

어쩌다가 손주 아이들이 우리 집에 와서 자는 날이 있다. 엄마 아빠가 놀러 가든가 일이 있어서 둘이서만 가야 할 때는 우리 집에 아이를 맡긴다. 애들이 어려서는 할머니하고 같이 자겠다고 해서 한 방에 모여서 잤다. 아들네 손자 두 명, 딸네 손자 한 명, 세 녀석이 한꺼번에 모여서 잘 때는 지지고 볶고 하다가 한 이불을 덮고 잔다. 둘만 있어도 장난치느라고 외로워하지 않는다.

이번 주말엔 딸이 LA에서 열리는 컨벤션에 가느라고 외손자 혼자서 3일간 우리 집에서 자야만 한다. 초등학교 일학년을 마쳤다고 글도 읽을 줄 안다. 저녁에 나와 같이 공원을 산책하다가 벤치에 붙어 있는 벤치 기증자의 명패를 보고 무슨 뜻인지도 모르면서 하나하나 읽고 간다. 제 어미가 오늘은 무슨 일을 어떻게 해야 한다고 스케줄을 적어 주었기 때문에 읽어 보고 하라는 대로 한다. 하다못해 제 어미가 없는데도 어미가 적어 놓은 글은 읽고 하라는 대로 하면서도 직접 보고 말하는 할머니 말은 콧방귀로 듣는다.

저녁때가 되자 집에 가고 싶단다. 외손자는 유별나게 마마보이다. 아이가 시무룩한 게 보기에 딱해서 할머니가 아이를 데리고 집에 가서 개밥도 주고 한 바퀴 돌아보고 왔다. 아이는 집에서 제 엄마가 입던 헌 파자마를 들고 오겠단다. 냄새나고 더러운 걸 왜 가지고 오느냐고 할머니가 말렸다. 아이는 엄마 냄새가 좋다면서 극구 품에 안고 왔다.

녀석은 엄마가 어렸을 때 쓰던 방에서 혼자 잔다. 무섭다고 방문을 활짝 열어놓고, 불을 환하게 켜놓고 누웠다가 잠이 안 온다며 몇 번이고 내 방에 와서 기웃거린다. 책을 읽으면 잠이 온다고 가르쳐 주었다. 결국 방에 가서 책을 꺼내 들고 큰소리로 읽어 댄다.

새벽녘에 녀석이 제대로 이불이나 덮고 자나 들여다보았

다. 불은 환하게 켜 놓고 엄마 파자마를 꼭 끼어 안고 옆으로 누워 쭈그리고 잔다.

큰소리로 책을 읽다 잠이 들었나 보다 했다. 웬걸, 앨범을 꺼내놓고 엄마와 같이 찍은 사진을 들춰 보면서 혼자 스토리를 만들어 내느라고 중얼댔던 것이다. 귀엽기도 하고 치근하기도 하다. 며칠에 불과한데도 저러니 어미 없는 자식은 오죽하겠나 하는 생각이 든다.

어려서는 외로움을 표현할 줄 몰라 울기만 하더니 조금 컸다고 이젠 제법 스스로 외로움을 달랠 줄 안다. 아이는 콩나물 자라듯 금세 큰다. 키만 크는 게 아니라 의견도 같이 큰다.

아이가 금방금방 자라는 걸 보면 성장 호르몬이라는 게 무섭기는 무섭다. 봄을 맞은 세포가 성장 호르몬에 휩싸여 몸이 근질거려 가만히 있질 못한다. 마치 새들이 봄이 되면 호르몬이 작동해서 짝을 찾아 안절부절못하는 것처럼.

노인은 콩나물 시들 듯 금세 늙는다. 얼굴만 늙는 게 아니라 감정도 같이 늙는다. 호기심도 사라지고 없다. 시들고 메마른 감정에 아이처럼 성장 호르몬이 펑펑 쏟아져 봤으면 좋겠다. 아이처럼 감수성이며 정서가 쑥쑥 자라기도 하고 촉촉

하게 젖어도 봤으면 좋겠다.

하다못해 기후도 변해 온난화되어 간다면서 성장 호르몬 분비에는 변화도 없나?

구원의
손길

윈도 셰이드(Window Shade) 비즈니스를 하다 보면 별별 일
이 다 많다. 그중에서도 할머니 혼자 사는 집을 방문할 때마
다 답답하고 착잡한 마음이 가시지 않는다.

원래 윈도 셰이드는 창문에 드는 햇볕을 가리기 위해 고안
된 창문 가리개이다. 그러나 때로는 햇볕이 아니라 외부인의
눈길을 막기 위해 윈도 셰이드를 설치하는 예도 있다.

샌 리안드로에 사는 백인 할머니는 부엌으로 드나드는 외
짝 문에 달린 유리창에 셰이드를 붙이겠다고 했다. 이유는
간단하다. 동네 불량청소년들이 어떤 때는 밤에 나타나 유

리창으로 들여다본다는 것이다. 오른손바닥으로 빛을 가리고 안에 누가 있나 들여다보는 낯선 얼굴을 보게 된다면 얼마나 섬뜩하겠는가. 상상만 해도 끔찍하다. 당해 본 경험이 있느냐고 물어보았다. 많이 당했단다. 들여다보고 할머니 혼자 있으면 문을 두드리면서 열어 달라고 한다. 안 열어주면 유리를 깨고 열고 들어온다. 들어온다고 해서 위해를 가하지 않는다는 것을 경험을 통해서 알고 있다. 차라리 유리를 깨기 전에 문을 열어 주는 게 낫단다. 들어온 불량청소년은 디지털 문명에 익숙해서 녹화장치에서 칩을 빼서 주머니에 넣는 것부터 한다.

돈을 요구한다. 돈이 없다고 하면 그때부터 시달리기 시작이다. 서랍이며 지갑을 다 뒤지고 안방으로 끌고 가 장롱도 다 뒤진다. 그래도 돈이 안 나오면 알밤을 쥐어박는다. 윽박지르는 건 보통이고 죽이겠다고 부엌칼을 들고 나오기도 한다. 있는 대로 다 털어줘야 돌아간다. 돌아가면서 경찰에 신고하면 죽는 줄 알라고 마지막 협박을 잊지 않고 떠난다. 그럴 때마다 할머니는 부들부들 떨면서 속에서 열불이 난다고 했다.

경찰에 신고해 봐야 녹화 장면이 있는 것도 아니고 범인을 잡는 것도 아니어서 조서나 꾸미는 것으로 마무리 짓는다.

경찰도 한마디 하고 떠난다. 앞으로 주의 깊게 지켜보겠노라고…….

불량청소년일망정 청소년은 다 똑똑해서 얼마간의 시간이 지난 다음 다시 나타난다.

셰이드를 다는 이유는 집 안이 들여다보이지 않게 하기 위함이다. 집 안을 들여다볼 수 없다면 혹시 청소년 범죄 발동 동기에 제동이 걸리지 않을까 해서란다.

오클랜드에서 혼자 사는 흑인 할머니가 집 창문을 셰이드로 가리겠다고 해서 들렀다. 리빙룸을 거처 안방으로 들어갔는데 램프 탁자 위의 광경을 보고 섬뜩한 느낌이 들었다. 펼쳐놓은 성경책 위에 권총이 놓여 있는 게 아닌가.

나도 미국에 오래 살았지만, 침대 옆 램프 테이블 위에 권총을 놓아둔 건 처음 보았다. 그것도 손을 뻗으면 바로 잡을 수 있는 지척의 거리에 다른 것도 아닌 펼쳐놓은 성경 갈피 위에다 권총을 놓아야 했던 할머니는 어떤 마음이었을까?

　조금은 계면쩍은지 미소를 띠며 할머니는 말했다. 어젯밤 잠자기 전에 성경을 읽다가 불량청소년이 창문을 열고 들어오려고 하더란다. 처음이 아니다. 필경 돈이 궁해서 들어오려는 것이라는 걸 알고 있다. 죽은 남편이 사다 놓은 권총이 생각났다. 서랍에 넣어 두었던 권총을 꺼내 들었다. 겉으로는 단호해 보였지만, 속으로는 겁을 주려는 생각뿐이다. 할머니는 혹시라도 내가 오해할까 봐 웃으면서 총을 쏘겠다기보다는 위협을 주기 위해서 그랬다고 해명한다. 한바탕 소란을 떨고 난 다음, 불량청소년은 돌아갔고 다시 침대에 누웠지만 잠이 올 리 없다. 한잠도 자지 못했다.

　그나마 권총 안전장치를 풀고 손이 닿을 수 있는 램프 테이블 위에 놓아두었더니 마음이 조금 놓이더란다. 성경 읽는 것 하나만으론 평온을 찾을 수 없다고 했다.

　성경과 권총을 동시에 지니고 살아야 하는 할머니를 보면서 어느 것이 구원의 손길인지 착잡한 생각이 들었다.

미국이 적성에
맞는 사람,
한국이 적성에
맞는 사람

　아내는 미국이 적성에 맞는 사람이다. 미국이라면 무엇이든지 좋고, 미국 물건이라면 다 좋아한다. 어려서 미국 초콜릿을 쌌던 종이에서 나는 초콜릿 냄새가 좋아서 책갈피에 끼워 놓고 두고두고 냄새라도 맡았다. 미국 팝송이 좋아서 늘 팝송만 들었다. 학교에 다닐 때도 영어만 좋아했다. 아내는 미국이 적성에 맞는 사람이다. 미국이라면 사족을 못 쓰고 미국이라면 다 좋아한다. 책이나 잡지를 봐도 영어책이나 영어잡지를 들춘다. 영어 신문에 난 기사는 믿으면서 한국 신문에 난 기사는 반은 믿고 반은 안 믿는다. TV 뉴스도 미국 뉴스를 선호한다. 미국 채널만 틀어놓고 미국 뉴스만 보고 오락, 다큐멘터리 프로그램도 미국물만 본다. 그렇다고 미국인이 지니고 있는 깊숙한 정서까지는 못 미친다. 당연히 서툴고 익숙하지 못하다. 하지만 한국보다 미국을 편하게 여기면서 산다.

어쩌다가 내가 TV를 보려면 나는 한국 방송 채널로 돌려야만 한다. 어찌 된 영문인지 한국 방송에서는 보약 광고가 많다. 보약 광고를 늘어터지게 길게도 하지만 과장되고 믿을 게 못 된다. 그러지 않아도 한국에 관해서 부정적인 아내에게는 불신만 더 키운다.

아내가 영어를 유창하게 해서 미국이 적성에 맞는 사람이라는 것은 아니다. 누구나 생활영어를 익히면 소통에는 문제가 되지 않는다. 영어 소통보다 더 중요한 것은 그 나라의 문화, 역사, 정치, 경제, 예술, 관습 등 여러 가지 그들이 지니고 있는 배경과 관심사를 알고 있는 것이다. 그래야 그들과 함께 사회 참여와 시대적 동참도 하게 되는 것이다. 아내는 이런 면에서 열심이고 적극적이어서 미국인들의 사고와 흡사하므로 미국이 적성에 맞는 사람이라고 하는 것이다.

아내는 에어로빅 클래스를 매일 빠지지 않고 다닌다. 스페인어를 배우러 스페니쉬 클래스에도 다닌다. 스페니쉬를 잘하기 위해서라기보다는 외국어 배우는 게 취미다. 외국인 친구는 있어도 한국인 친구는 없다. 옆집 중국인 의사네 가족 관계가 어떤지, 어떻게 사는지 아내가 다니면서 알아 온다. 반대편 옆집 펠슨네가 이혼을 했는지 하는 것도 아내가 알 아낸다.

미국인과 결혼한 한국인은 어쩔 수 없이 미국 문화에 맞춰 가면서 산다. 한국인은 타민족에 대해서 배타적이어서 한인 교회에 외국인이 출석하면 은근히 따돌림을 받는다. 남편이 미국인이든 아내가 미국인이든 국제결혼한 한국인이 한인 교회에 나가면 어울리기가 쉽지 않다. 아내는 남편이 한국인 임에도 불구하고 한국인과 어울리는 데 미숙하다. 미국에서 한국인을 슬슬 피하다 보면 자연스럽게 미국 문화에 동화해 가면서 미국 문화에 맞춰 가게 된다.

내가 그랬다. 나는 미국이 좋았다. 그래서 미국에 와서 사는 모양이다. 그렇다고 내가 미국이 적성에 맞는 사람이라고 까지는 생각하지 않는다. 미국이 좋으면서도 한국도 좋기 때문이다.

그와는 반대로 미국을 싫어하는 사람도 있다. 한국만 좋아한다. 미국에서 살면서 한국에 가고 싶어서 안달이 났다.

한국 생각에 잠도 못 자고 병이 날 지경이다. 가족이 모두 미국에 있어서 어쩔 수 없이 미국에서 살고는 있지만, 마음은 항상 한국에 가 있다. 정이 많은 사람이라 정 떼기가 힘들어서 그렇다.

내 처남은 한국이 적성에 맞는 사람이다. 미국에서 20년이나 살았으면서 미국은 통 마음에 안 들어 한다. 미국에서 사는 한 인생 살아가는 맛이 한 푼도 없단다. 젊어서 일할 때는 먹고살아야 하니까 그런대로 일이나 열심히 했지만 이제 은퇴하고 난 지금 할 일 없이 놀고 있자니 한국이 더욱 그립다. 한국에 나가 살겠다고 해도 처남댁은 꿈적도 하지 않는다.

나도 그랬다. 내가 처음 미국에 왔을 때는 한국사람 구경하기도 어려웠다. 한국사람이 어딘가에 살고 있다는 이야기만 들어도 찾아가서 반갑게 인사하고 한국말을 실컷 쏟아놓는 것만으로도 스트레스가 풀렸다. 그때는 오로지 편지만이 통신수단이었다. 한국이 너무 그리워서 매일 친구에게 편지 쓰는 게 일과 중의 하나였다. 열 통은 보내야 겨우 한 통 답신을 받는 것이었지만, 그 한 통의 답신으로 한국의 정을 흠뻑 맛보며 살았다. 향수병을 앓아도 된통 심하게 앓았다. 향수병은 앓는 사람만 앓지 아무나 다 앓는 것은 아니다. 나는 한국이 적성에 맞는 사람도 아니면서 독한 향수병에 걸려 있었다.

참다못해 결국 일 년 만에 한국에 나갔다. 한국에서 4개월 묵으면서 친구들과 놀다가 다시 미국으로 돌아왔다. 그 다음부터는 그런대로 향수병이 치유되어 갔다. 차츰차츰 미국 생활에 물들어갔고 결혼하자마자 아기를 낳았으므로 바쁘게 살다 보니 정이 한국에서 미국으로 옮겨 갔다. 그래도 문득문득 한국이 그립고 가고 싶어 죽을 것만 같은 때도 많았다. 이제 다 살고 난 지금 마음만 먹으면 언제든지 한국에 나갈 수 있어 그리움은 많이 사라졌다. 사라졌다 해도 미국에서 살다 보면 한국이 그립고 한국에 나가 살아 보면 미국이 그립다.

처남도 나처럼 향수병에 걸려 있다. 향수병은 약도 없다. 한국에 나가 살아 봐야 치유되는 병이다. 처음에는 졸혼해서라도 한국에 나가 살겠다고 했다. 그렇게 합의를 보는가 하더니 처남댁이 언니네 집에 가서 하룻밤 자고 오더니 마음이 바뀌었다. 이혼하면 했지 졸혼은 안 하겠다고 했다. 처남은 이혼도 좋으니 한국에 나가 살게만 해 달라고 했다.

결국 몸만 빠져나와 한국으로 가기로 했다. 비행기 표도 다 사놓고 며칠만 지나면 가기로 되어 있었다. 그러나 일이라는 게 그렇게 호락호락 되는 일이 어디 있더냐. 덜컥 엄지발가락 자르는 수술을 받았다. 당뇨가 심해서 그렇단다. 그리고 얼마 지나지 않아 염증이 낫지 않는다면서 발가락을 모두 절단해야만 했다.

한 달인지, 두 달인지, 아니면 6개월인지 어쩌면 일 년이 넘을지도 모르는 막연한 기다림의 구렁텅이로 빠져들고 말았다.

얼마 전에 서울에서 인천공항 가는 택시를 탔는데 운전기사가 묻는다.

"외국에 나가시는 모양인데 어디 가세요?"

"샌프란시스코에 갑니다."

"나도 산호세에서 살았었어요. 한 십오 년 산호세에서 살았는데 때려치우고 한국으로 왔어요(샌프란시스코와 산호세는 가까운 거리다)."

"한국으로 역이민 왔다는 건가요?"

"아니지요, 가족은 미국에 있고 나 혼자 한국에 나와 삽니다."

"미국에선 뭘 했는데요?"

"목수로 일했어요. 만날 밥 먹고 일만 했지 사람 사는 맛이 없더라고요. 때려치우고 한국에 나왔더니 말 잘 통하지, TV 보면 머리에 쏙쏙 들어오지, 혼자 살아도 재미있어요."

이혼하고 혼자 한국에 나와 택시 운전하면서 방 하나 얻어 살고 있단다.

처남에게 택시기사 이야기를 해 주었다. 듣고 있던 처남이 공감이 가는지 웃으면서 바로 그거란다. 사람 사는 것처럼 살고 싶단다. 정말 바로 그건지 아니면 가족과 같이 사는 게 좋은지 명확히 알 수는 없으나 입맛이 다 다르듯이 인생관도 다 다르니까. 미국이 적성에 맞는 사람, 한국이 적성에 맞는 사람이 분명히 따로 존재하는 것은 사실이다.

그런가 하면 교포로 사는 게 적성에 맞는 사람도 있다. 한국인들이 미국에 와서 살면서도 한국이 그리워서 한국말 할 수 있는 사회를 찾는 것은 당연하다. 외로움을 달래기 위해서 한국인들을 만난다. 한국인들을 만나기 위해서는 한국인들이 모이는 종교단체가 제격이다. 교포들은 신앙이 돈독해서라기보다는 한국인을 만나 외로움을 달래기 위해서 교회에 나가는 예가 많다. 그러다 보면 종교에 심취하기도 한다. 미국에서 살지만, 한국인들과 어울리면 외롭지도 않고 생활 정보라든가 즐거움을 공유할 수 있다.

교포 사회를 떠나지 못하고 어울려야만 하는 직종도 있다. 한국인 손님을 상대로 하는 이발사, 미장원, 한국 식품점, 한국 여행사, 한국인을 상대로 하는 의료업종 종사자 등 이루 말할 수 없이 많다. 이들은 미국에서 살고는 있지만 영어가 필요 없다. 원하든 원하지 않든 교포 사회에 적합하게 맞춰가면서 산다. 교포로 사는 게 적성에 맞는 사람은 한국을 그다지 그리워하지 않는다. 교포 사회는 미국의 작은 한국 사회이니까. 그럭저럭 한국을 잊고 교포들과 어울려 사는 사람도 많다. 교포로 사는 게 적성에 맞는 사람이다.

오래 살다 보면 자연스럽게 알게 되는 사실이지만, 공부 잘하는 사람이 있는가 하면 사업 잘하는 사람도 있고 집에서 살림 잘하는 사람도 있기 마련이다. 무엇이든 잘하는 것이 그 사람의 탤런트이고 그쪽으로 나서면 매사 잘 풀린다.

속담에 '원앙이 녹수(綠水)를 만났다'는 말이 있듯이 자기 취향에 딱 들어맞으면 그보다도 좋은 생활터전은 없을 것이다.

미국이든 한국이든 교포 사회든 다 자기 적성에 맞아서 선택하게 되는 거다.

나는 한국도 좋고 미국도 좋고 교포 사회도 좋다. 한식도 입에 맞고 양식도 맛있으니 행복이 두 곱이란 생각이 든다.

고욤
연정

저녁을 먹고 기다렸다가 운동길에 나선다. 여름 해가 길어 7시가 돼서야 태양이 서산을 넘어간다. 넘어가는 햇살이 사정없이 얼굴에 와 닿는다. 선글라스를 썼음에도 눈이 부시다. 흙길을 따라 언덕을 오른다. 산 그림자가 반쯤 덮인 호수를 스쳐지나 온 바람이 차갑다. 바람이 차가우면 신선한 느낌이 든다. 정말 그런지 아닌지 과학적으로 증명된 건 아니지만, 후덥지근한 바람이 짜증스러운 걸 보면 신선한 바람은 차갑다는 게 맞는 것 같다.

모래알이 신발에 들어가 디딜 적마다 발바닥을 괴롭힌다. 할 수 없이 풀밭에 앉아 등산화를 벗었다. 손을 넣어 모래알을 찾는다. 쌀알 반 토막만 한 모래가 잡혀 나온다. 잡혀 온 범인은 너무나 작다. 요 작은 모래알 하나가 덩치 큰 사람을 꼼짝 못 하게 하다니 가소롭다는 생각이 든다.

아무리 작아도 정곡을 찌르면 꼼짝 못 하는구나……:

언덕을 오르면서 저녁을 든든히 먹었으니 망정이지 그렇지 않았다면 힘에 부쳐 느릿느릿 걸었을 것이다. 걸을 기분이 아니었을 것이다. 늙으면 밥 힘으로 산다더니 운동 나가기 전에 꼭 밥부터 챙겨 먹은 지도 꽤 오래됐다.

운동길을 돌아 집에 거의 다 와서 코너 집 마당에 고목처럼 커버린 고욤나무가 있다. 고욤나무에 노란 고욤이 다닥

다닥 달려 있다. 나무에서 딸 것도 없이 땅에 떨어진 고욤만
주워도 얼마든지 많다. 노란 고욤이 익어 떨어져 길에서 짓
밟혀 문드러진다. 나는 만날 지나쳐 버렸는데, 하루는 아내
가 주워 먹어 보고 맛있단다. 달콤하단다. 한 주머니 주워
왔다.

 그날 이후, 혼자 매일 운동길을 돌아오다가 길에 떨어진 고
욤을 주워 온다. 나는 먹어 보지 않아서 맛이 어떤지 모른
다. 아내가 맛있다니까 주워 올 뿐이다. 길에 떨어진 것보다
집 울타리 안쪽에 더 많이 떨어져 있다. 말이 울타리지 실제
로 울타리는 없고 다만 경계가 울 안이라는 것을 짐작하게
한다. 고욤이 울 안에는 많이 떨어져 있지만, 그렇다고 남의
집 울 안에 들어가 주울 수는 없다. 길에 떨어진 고욤만 주
워도 한 사람이 먹을 만큼은 된다. 모자를 벗어 모자에 열
댓 알씩 주워 온다. 어느 날은 몇 알 안 된다. 몇 알 안 되는
날은 울 안에서 나뒹구는 고욤이 더 많아 보인다.

 늘 고욤을 줍다가 알았다. 바람이 부는 날은 많이 떨어져
있다는 사실을. 무엇이든지 오래 해야 알게 된다. 꾸준히 하
다 보면 자연스럽게 안다.

젊어서는 아내와 싸우느라고 세월 다 보냈다. 오래 같이 살다 보니 알 만하다. 싫어하는 게 뭔지, 좋아하는 게 뭔지…….

네 편
내 편

살다 보면 네 편 내 편이 생기기 마련이다.

아이를 보고 "엄마가 좋아? 아빠가 좋아?" 하고 묻는 데서 이미 네 편 내 편을 배우기 시작한다. 네 편 내 편은 단순해서 살아가는 동안 곳곳에 자연스럽게 있기 마련이고 당연히 내 편이 많을수록 좋고 유리하다. 네 편 내 편이 가장 뚜렷할 때는 전투나 투쟁이 벌어질 때로, 이때는 엄격히 동지와 적으로 갈린다.

이번 월드컵 축구를 보면서 가장 신사적이라는 스포츠 중에 축구 경기를 구상하고 발전시킨 사람 역시 네 편 내 편의 경쟁적 구도를 잘 활용해서 축구에 적용한 게 아닌가 하는 생각이 든다. 선수는 선수들대로 죽기 살기로 뛰는가 하면 관중들도 혼연일체가 돼서 그와 못지않게 정열을 다 쏟는다. 축구만이 아니라 대부분의 스포츠 종목이 다 그렇다.

스포츠 중에 상대와 직접 부딪치지 않고 서로의 개인기를 다루는 경기는 그런대로 신사적이다. 양궁, 골프, 육상, 수영 이런 개인기가 신사적이라고는 해도 거기에 내 편이 하나라도 끼게 되면 그때부터는 적과 동지로 변해 버린다.

가장 신사적인 경기라는 골프 중계를 보다가 막판에 한국 선수가 우승하느냐 마느냐에 다다르면 한국 선수가 우승하기를 간절히 바란다. 내 편이 뚜렷하게 드러나는 순간이다.

네 편 내 편이 가장 잘 드러나는 때는 올림픽 경기에서다.

올림픽은 참가에 목적이 있다고 하지만 실은 내 편의 승리만을 즐기게 된다. 내 편이 없는 경기는 관심도 주지 않는다. 그러면서 메달 숫자에 신경을 곤두세운다. 올림픽 메달 숫자를 가지고 국가 순위를 정한다는 것은 올바른 평가라 할 수 없다. 땅덩어리가 크고 인구가 많은 나라가 있는가 하면 그의 1/10 내지는 1/100밖에 안 되는 국가도 있다. 어떤 나라는 돈이 많아 선수에게 많이 투자하는가 하면 어떤 나라는 가난해서 선수 스스로 해 내야 하는 나라도 있다.

지난 런던 올림픽에 미국은 530명 선수를 출전시켰나 하면 소말리아는 달랑 2명이다.

경기 종목도 거의 다 백인들이 만들어낸 백인 위주의 스포츠인 것도 문제다. 메달을 100개가 넘게 휩쓸어가는 나라가 있는가 하면 하나밖에 따내지 못한 포르투갈, 사우디아라비아 같은 나라도 있다. 아예 단 하나도 없는 나라도 많다. 그 중에 우리에게 친숙한 필리핀, 월남도 메달이 없다. 필리핀은 1996년 애틀랜타 올림픽에서 복싱 은메달이 전부다. 문화적 배경과 경쟁의식이 낮은 나라는 올림픽에 별로 관심이 없기 때문이다.

올림픽에서는 치열한 경쟁 속에서 살아남아야 한다. 당연히 국가마다 선수 관리에 심혈을 기울인다. 미국에서는 탤런트가 있거나 우수한 학생을 엄격히 선발해서 장학금을 주고 대학에 입학시킨다. 중국에서는 어린 선수들을 무작위로 선발해서 선수촌에 입촌시킨 다음 선수로 제조해 낸다. 국가 차원에서 정책적으로 선수를 길러내고 챔피언을 만든다.

다메달획득 국가들의 공통점은 개인은 타고난 탤런트를 제공하고 국가는 기회와 훈련을 제공해주는 것이다. 힘들여

길러낸 선수 중에 한국인 엄혜련(25세)은 한국 국적을 버리고 일본 양궁 선수로 출전해서 동메달을 일본에 안겨 주었다. 중국인 왕지안준(25세) 역시 싱가포르 탁구 선수로 출전해서 동메달을 따냈다.

어려서 스포츠계에 입문한다는 것은 인생을 건 도박이나 마찬가지다. 아이의 탤런트가 얼마만큼 높이 올라갈지는 아무도 모르기 때문이다. 수많은 선수들이 국가대표선수가 되기 전에 탈락하고 만다. 우리는 오로지 메달을 따낸 몇몇 선수들을 보면서 열광하는 것에 불과하다. 국가 대표 선수가 되기도 전에 탈락한 선수들과 올림픽에 출전했으나 메달을 따지 못한 선수들은 배운 것이라고는 비인기 스포츠밖에 없어서 사회생활에 고충이 많을 것이다.

국가는 메달리스트들을 통해서 국위선양이란 목표를 달성하지만, 그 이면에서는 많은 선수가 희생하고 있다. 오늘날 '개인보다는 국가가 먼저다'라는 대답은 너무 고전적이다.

선수들의 인생과 미래, 부상위험과 지옥훈련을 생각하면 국가를 위해서라는 답보다는 개인적 욕망이 더 크다고 볼 수 있다. 메달을 딸 수 있는 나이가 평균 25세라는 점을 고려하면 엄혜련 선수와 왕지안준 선수의 국적 이탈이 이해된다.

올림픽에서 저마다 국기를 흔드는 걸 보면 알 수 있듯이 어느 나라 누구든지 자국을 사랑하는 마음은 같고 자국이 곧 그들의 편이다. 내 편은 누가 정해 주는 것이 아니라 저절로 우러러 나오는 것이다. 선수들이 메달을 따낼 때마다 국민들은 자신이 해 낸 것처럼 기쁘고 자긍심도 높아진다.

미국에서 오래 살다 보면 내 편이 여러 개가 있다. 한국은 당연히 내 편이고 미국도 당연히 내 편이다. 그리고 초록은 동색이라고 인종 간의 대결에서 아시아인은 내 편이 되는 것이다. 그중에서도 동아시아 3국이 그렇다. 일본과 멕시코의 대결에서 일본이 내 편이었다. 내 편이 없는 경기는 볼 맛이 안 난다. 내 편이 셋이나 되니 기쁨도 세 배가 되는 것은 사실이다. 그러나 지난번 여자 축구 월드컵 결승에서 미국과 일본의 경기가 치열했다. 다른 때는 일본을 싫어하는 내가 일본을 응원하고 있었다. 미국에서 오랜 세월 살면서, 여러 가지 혜택을 누리면서도 일본을 응원하는 마음이 우러나는 것은 어째서일까?

색깔에
대하여

국가나 민족마다 그 나름대로 선호하는 색깔이 따로 있다. 나라마다 선호하는 색깔은 주로 국기에서 나타난다. 대한민국 국기는 4가지 색으로 되어 있다. 흰색, 검은색, 빨간색, 파란색이 그것이다. 우리는 백의민족이니까 흰색은 당연하다. 여름이면 흰색 계통의 옷을 주로 입는다.

거울철에 전철을 타 보면 입고 있는 옷들이 거의 검은색 종류다. 우리 민족이 검은색을 선호한다는 것을 알 수 있다. 축구선수들의 유니폼이 붉은색과 청색인 것도 우연이라고 치부할 수 없다.

중국 오성기는 온통 붉은색으로 되어 있다. 중국인들이 붉은색을 얼마나 선호하는지 한눈에 알 수 있는 대목이다. 설날 아기에게 빨간 옷을 입히고 빨간 봉투에 돈을 넣어 주는 풍습도 있다. 중국인들에게 빨간색은 그냥 색깔이 아니다. 행운과 복을 가져온다는 믿음이 내포되어 있는 색이다. 색깔은 한 민족의 역사와 전통과 철학이 깃들어 있는 문화다.

친구가 왓슨빌(Watsonville)로 이사 갔다. 새로 지은 큰집들로 이루어진 부자 동네다. 친구는 마당 이곳저곳에 감나무도 심고 단풍나무도 심었다. 시원하게 넓은 잔디밭에 울타리도 비싼 자연산 새들 울타리(Saddle Fence) 나무로 잘 쳐져 있다. 새들 울타리는 세월이 흐르면 나무가 햇볕에 퇴색되면서 옅어지고 잿빛으로 변한다. 은은한 자연미를 나타내는 고급 나무 울타리다. 친구는 새 울타리 색이 집과 어울리지 않는다면서 흰색 페인트로 칠해 버렸다.

어느 날 울타리 색이 변해 버린 것을 지켜본 주민들이 회의를 열었다. 드디어 울타리를 원상복구시켜 달라는 통보가 온 것이다. 아무리 당신 집일망정 마을 공동체와 어울리지 않는 색깔은 받아들일 수 없다고 했다. 친구는 친구대로 자기주장을 펴 보려고 노력해 봤지만 결국 따돌림당하면서 살

수는 없는 노릇이어서 다시 비싼 돈을 들여 샌딩을 해 페인트를 벗겨내야 했다.

우리 동네 캐스트로 밸리의 도로에 있는 이층 건물에 안과가 문을 열었다. 중국인 2세 여의사가 건물을 사 가지고 새로 안과 진료소를 연 것이다. 그리고 얼마 지난 다음에 건물 전체를 짙은 보라색으로 칠해 버렸다. 눈에 톡 튀는 보라색 건물은 드디어 주민들 입방아에 오르내리기 시작했다. 지역 신문은 하루가 멀다고 보라색이 마을 공동체와 어울리지 않는다고 떠들어 댔다.

사실 보라색은 흑인들이 선호하는 색깔이다. 흑인 동네에 가보면 보라색이라든가 검은색으로 칠한 집도 있다. 그러나 백인들은 흰색, 회색, 갈색 등만 보다가 난데없이 나타난 보라색 건물에 거부반응을 일으켰나 보다. 6개월을 끌면서 공방을 벌이다가 결국은 흰색 페인트로 다시 칠하고 말았다.

어떤 색이든 색깔을 좋아하는 것은 자유이지만, 그렇다고 마음대로 선택하면 안 되는 것이 색이기도 하다. 옷을 입어도 아래위가 어울리는 색으로 맞춰야 하고, 머리카락 색깔과 피부색에도 어울려야 한다. 우리는 머리가 검고 눈 동공도 검어서 검은 계통의 옷이 어울리고 갈색 머리를 가진 사람은 갈색 계통의 옷이 어울린다.

우리는 어려서 부모가 사다 준 옷만 입고 자랐다. 다시 말하면 부모에게 모든 선택권을 빼앗기고 자랐기 때문에 색깔에 대한 공부가 부족하다. 미국에서 살면서 미국인들은 어린 자녀에게 선택권을 준다는 사실을 알게 되었다. 아이 방을 꾸릴 때나 커튼을 고를 때나 벽지를 고를 때 아이에게 물어보면서 부모가 선호하는 색깔로 유도해 나간다. 그 과정을 거치면서 아이는 색깔의 선택을 배워 나간다. 그렇게 자란 아이는 십대만 돼도 자기 색깔이 확고하게 생긴다.

중국 깃발의 붉은 색과 미국이나 영국, 프랑스 국기의 붉은 색은 다르다. 명칭은 같은 붉은 색이지만 중국 깃발은 홍색의 빨간색이고 성조기의 붉은색은 적색이 감미된 붉은 색이다.

일본의 건물들은 주로 회색이나 쥐색이 대부분이다. 여기서 분명한 것은 선진국의 색깔은 세련되고 멋있는 색들이라는 사실이다. 후진국이나 개도국은 색깔의 선택에서도 후진성을 보인다. 원색을 그대로 쓰고 있기 때문이다. 색깔이 세련되려면 오랜 기간에 걸쳐 갈고 닦은 피나는 노력과 과정을 거치면서 문화가 배어나야 한다. 그래야 제대로 된 색이 나타나기 마련이다. 세련되고 멋진 색을 골라 볼 줄 아는 안목을 기르는 것도 어려서부터 배우고 익혀야 가능해진다. 그래야 보는 눈이 틔고 미를 골라낼 줄 알게 된다. 선진국으로 가는 길목에는 색깔의 선진화도 무시 못 할 중요한 요인이라고 할 수 있다.

　우리는 가끔씩 색깔을 잘못 구별하는 사람들을 볼 때가 있다. 색맹도 아니면서 빨간색인지 파란색인지 구분 못 하는 사람이 있다. 무대에 서는 배우도 아니면서 빨간 바지에 파란 웃옷을 입고 길거리로 나온다면 모두 처다볼 것이다. 거기에다가 노란 모자를 쓰고 있다면 이거야말로 꼴불견이 아니고 무엇이겠는가? 꼴불견 차림으로 장례식장에 나타난다면 이건 분위기가 엉망이 되고 말 것이다. 장례식에는 검은색 옷을 입는 것이 예의다. 옛날 자동차가 귀한 시절에 자가용은 모두 검정색이었다. 재판정에 판사님들도 다 검은색 가운을 걸치고, 졸업식 가운도 검은색에 경찰관도 검은색 제복, 옛날 고등학교 교복도 검정색이었다. 오케스트라 단원들은 모두 검정색 슈트를 입어야 한다. 검정색은 어딘가 권위를 상징하는 것 같다. 한 가지 흥미로운 것은 저승사자도 검은색 옷을 입었다는 사실이다.

정치인들 중에는 왜 색깔론을 들고 나오느냐고 질타하는 정치인들이 있기도 하다. 그러나 색이라고 하는 것은 아주 중요해서 적과 아군을 구분하는 첫 번째 관문이다. 국가 간 운동경기를 보면 색깔이 분명하게 드러난다. 아군과 적군의 색깔을 정해 놓고 뛴다. 관람하는 군중도 자기편 색깔에 보조를 맞춘다.

색깔이 중요하다고 해서 목숨까지 걸 일은 아니지만 그래도 중요하기는 목숨만큼 중요하다.

작은 일에도
휘둘리는 마음

　저녁을 일찌감치 먹고 해가 넘어가기 전에 아내와 함께 운동길에 나섰다. 아직은 반바지에 셔츠만 걸치고 나서도 한참 걷다 보면 땀이 난다. 그래도 한여름 같지는 않아서 한결 선선하고 얼마든지 걸어도 무더운 여름날처럼 땀이 비 오듯이 흐르지 않아서 좋다.

　사람은 참으로 간사해서 작은 변화에도 웃거나, 짜증내기를 반복한다. 누가 시켜서도 아니고 저절로 그렇게 나타나는 징후가 신기하기도 하다. 자연의 변화가 저절로 다가오듯 몸과 정서의 변화도 저절로 온다.

운동길을 걷다가 땅에 떨어진 빨간 낙엽이 너무나 곱기에 주워 왔다. 읽던『채식주의자』책갈피에 넣고 덮어놨더니 며칠 만에 식물채집처럼 납작하게 말라 있다. 어느새 가을이 초입에 다가왔음을 알려 준다.

걷다 보면 이웃집 담 안에 홍시가 될 감들이 주렁주렁 달려 있다. 그중에 하나는 담을 넘어 길 쪽으로 나와 있다. 나는 그 하나에 눈길이 자꾸 간다. 어제도 오늘도 유독 그 하나에 시선이 머무는 속내가 부끄럽다. 나도 모르게 탐이 나는 마음도 자연스러운 현상일까? 아니면 속세에 길들여진 학습효과일까?

어제 저녁은 외식을 했다. 형님 생일이라고 식사모임을 가졌는데 노인이 되고 나서는 많이 먹을 수가 없다. 대구탕을 시킨 형님이나 육개장을 시킨 누님이나 다 먹을 수가 없다면서 반은 덜어서 싸 가지고 간다. 늙으면 돈 쓸 데는 음식 사먹는 일밖에 없다고 한다. 있을 것 다 있고, 옷도 신발도 살 필요가 없으니 소비는 먹는 것 외에는 없다. 누님은 어울리는 사람들끼리 모여서 일주일에 세 번 걷는 운동을 한다. 걷고 나면 점심을 먹으러 가는데 모두 똑같은 금액을 갹출해서 지불한다고 한다.

참, 공평하다는 생각이 든다. 그런데 왜 그렇게 됐을까?

속세의 땅 차안(此岸)에서는 마음의 저울이 이리 기울었다, 저리 기울었다 하는 것을 감당하기 힘들어서 궁여지책으로 만들어놓은 경험에 의한 학습효과라는 생각이 든다.

한 달 반 전에 친구한테서 들은 이야기가 생각난다. 모여서 등산하고 나면 점심을 먹는다고 했다. 이것저것 시키고 소주에다 수육까지 시키고 나면 돈 십만 원 우습게 된다. 돌아가면서 낸다고는 하지만 친구는 술도 안 마시는데 매번 끼어 앉아서 구경이나 하다가 돈만 내 주는 것 같아서 더는 모임에 참석하지 않는다고 했다. 자연스러운 인간의 마음이다. 밑지면서 산다는 걸 좋아하는 사람이 누가 있겠는가. 돈 많은 부자도 마음 씀씀이는 다 마찬가지다.

그러면서도 가끔은 이게 치사한 마음가짐이라는 생각도 든다. 생각만 들었지 뭘 어떻게 해 본 일은 없다. 다만, 깨달음의 세계 피안(彼岸)에 들어서면 이런 작은 문제에 휘둘리지는 않겠지 하는 짐작만 해 볼 뿐이다.

오늘도 담을 넘어 길 쪽으로 삐져나온 감 하나를 보면서 탐내는 마음을 지우지 못한다.

참 세상살이가 쉬운 게 아니다.

새들은
어디서 죽나

　배낭에 카메라를 챙겨 넣고 호수로 향했다. 어제 운동길에
나섰다가 호수에서 엄청 많은 펠리컨 두 그룹을 목격했기 때
문이다. 카메라가 없는 게 원통했다. 저 장관을 사진으로 남
겼어야 하는데……

　오늘은 벼르고 나섰다. 준비하고 나가면 아무것도 만나지
못하는 게 일상이다. 아니나 다를까 펠리컨은 없다. 어디로
다 갔는지. 텃새인 물닭들만 모여 있다. 다음 날도, 그다음
날도 호수에 나가 새들을 만나 보았다. 몇 주 전에 보았던 아
주 많은 무리의 펠리컨 떼를 다시 보았으면 하는 기대를 가

지고 헤매고 다녔다. 언제 다시 만나 볼 수 있을까?

저녁이 되자 하나 둘 모여든 펠리컨은 아홉 마리에 불과했다. 하지만 호수는 늘 그러하듯이 텃새들이 많이 있다. 물닭들은 무엇을 그리 먹어치우는지 고개를 숙이고 끊임없이 주워 먹고 있다. 새들은 잠시도 쉴 틈 없이 움직이고 먹이를 찾아 헤매고 다닌다.

새들은 어느 새가 젊은 새인지 어느 새가 늙은 새인지 구분할 수 없다. 새들도 연령대가 있어서 젊고 늙음이 존재할 터인데 우리의 육안으로는 식별이 불가능하다. 사람은 나이가 들면 머리가 희어지듯이 새들도 털의 색깔이 바뀐다면 언뜻 알아보겠건만, 그들에게는 늙음의 구별이 없다. 식별이 안 된다는 것은 늙은 새들도 죽기 전까지 젊음을 유지한다는 의미일지도 모른다.

어째서 하나님은 동물에게는 죽는 날까지 젊음을 유지할 수 있게 만드셨을까? 특별히 새에게는 특혜가 많이 주어졌다. 자유로이 날아다닐 수 있는 기능과 죽을 때까지 늙지 않는 체력 그리고 번식능력을 주셨다. 나는 많은 새 무리를 볼 때마다 의문이 생긴다. 저 많은 새들이 죽을 때는 어디에 가서 어떻게 죽는지 궁금하다. 물론 새들의 세계에서도 태어나고 죽는 것이 반복될 것이다. 새들은 숫자가 많으니까 사체도 많아서 여기저기서 눈에 띄어야 할 터인데 그렇지 않다. 산속에서 새들이 몰려 죽어 있는 곳을 본 적도 없고, 도대체 자연사한 새의 사체를 거의 찾아볼 수 없다. 때때로 길바닥에 죽어 있는 새를 보기는 하지만 그것은 사고사에 불과하다.

집 근처에 죽은 새의 사체가 발견되기도 하지만 이것도 모두 사고사다. 사고로 죽는 새는 새의 숫자에 비하면 극소수에 불과할 것이다. 그렇다면 자연사하는 그 많은 새들은 어디서 죽는단 말인가. 궁금해서 『Book of North American Birds』란 책을 찾아봤다.

새들은 자신이 병에 걸렸는지 몸에 이상이 생겼는지 스스로 알아차리고 죽는다는 것을 인지한다. 살 때와 죽을 때를 구별해서 미련 없이 선택하는 것이다. 부상당한 새는 몸을 숨기고 이 부상에서 살아날 수 있는지 아니면 이것이 생의 마지막인지를 스스로 알아서 행동한다.

죽을 때는 숲속으로 숨어든다. 새뿐만이 아니라 모든 동물은 자신이 죽어간다는 것을 인식하고 숨을 곳을 찾아 숨어버린다. 이것이 본능이다. 동물이 병에 걸려 스스로 자신을 보호할 수 없다고 생각하면 어느 구멍이나 으슥한 곳으로 숨어 몸을 보호하려 든다. 참으로 신기한 것은 자연은 그 많은 동물들의 죽은 시체를 사람의 눈에 띄게끔 내버려 두지 않는다. 죽은 시체는 빨리 부패시키거나 다른 생명체의 먹잇감으로 변환시켜 버린다. 까다로운 몇몇의 육식동물을 제외하고 대부분의 포식자들인 쥐, 고양이, 라쿤, 여우, 독수리, 까마귀 같은 부류들은 후각이 발달해서 먹잇감이 어디에 있는지 쉽게 찾아낸다. 거저 얻은 먹이를 즐겨 먹어 버린다. 그리고 개미나 구더기 또는 세균들은 매우 빠르게 나머지 일을 처리한다. 자연 생태계에서 동물의 시체는 빠른 속도로 사라져 버린다. 이것이 자연의 순환과정이다.

해설을 읽고 생각해 보았다. 새나 동물들은 매우 훌륭하다. 새와 동물은 자신이 먹이사슬의 한 고리임을 알고 있다. 좀 더 오래 살아 보려고 악을 쓰지 않고 스스로 운명을 받아들인다. 이 모든 과정이 속도감 있게 빨리 진행되기 때문에 새나 동물의 사체가 우리 눈에 띄지 않을 뿐이다.

그렇다고 의문이 다 사라진 것은 아니었다. 거대한 새 펠리컨(Pelican)은 몸을 숨기기가 수월치 않을 터이니 말이다. 펠리컨은 4천만 년 전 공룡시대에 존재했던 새로서, 화석 속에 그 모습을 남겨놓고 있다. 날개 길이가 2.4~3m, 몸무게가 평균 7kg(3.5~13.6kg)에 달한다. 날아다니는 새치고는 거대한 몸

집이다. 부리 길이가 26~36㎝나 되며 물 3gal(11ℓ)을 담을 수 있다.

부리에 담을 수 있는 양이 위장의 2배를 넘는다고 한다. 한 마리가 하루에 물고기를 4파운드(1.5㎏)나 먹어치운다. 어미는 새끼를 기르기 위해 하루에 4㎏의 물고기를 잡아 날라와야 한다. 먹잇감을 찾아 멀리 160㎞를 날아가기도 한다는 사실이 놀랍다.

겨울철에는 멕시코만이나 플로리다주까지 날아간다니 엄청난 거리다. 생존을 위해서 바쁘게 열심히 살지 않으면 안 된다. 이런 펠리컨 무리 수십 마리가 호수 한쪽에 모여 있으면 호수가 하얗게 보이는 것은 물론이려니와 남아나는 물고

기가 없을 것 같다.

영국 속담에 "Birds of a feather flock together"란 말이 있다. '유유상종(類類相從)', '끼리끼리 논다' 정도가 되겠고, 우리 속담에 비유하면 '초록은 동색이요, 가제는 게 편이다'라고 할 수 있다. 아닌 게 아니라 어쩌면 그렇게도 끼리끼리 몰려다니는지. 같은 무리들끼리만 몰려다닌다. 몰려다닌다고 해서 나쁜 짓을 하고 다니는 것 같지는 않다. 언제 보아도 열심히들 먹고 열심히들 생활하는 것을 알 수 있다.

펠리컨은 수명이 15~25년이다. 기록에 의하면 54년을 산 펠리컨도 있다. 자기 수명을 다할 때까지 건강과 기능을 유지하고 살아간다. 누구의 도움이나 보살핌 없이 스스로 건실하게 살아간다. 그리고 자신의 운명이 임박했음을 감지하고 스스로 무리로부터 이탈해서 몸을 숨기고 죽는다. 참으로 훌륭한 삶이라는 생각이 든다.

새들이 영원무궁하도록 존속하는 까닭은 새벽부터 열심히 일 하고 자연의 질서에 순응하기 때문일 것이다.

여우가
뒷마당에 나타났다

여우가 뒷마당에 나타났다. 여우가 내 눈에 띄기로는 이번이 두 번째다. 캘리포니아 회색 여우다. 여우는 야생동물이어서 덩치가 작아도 섬뜩하다. 햇볕 따스한 양지 쪽에 앉아 오수를 즐긴다. 사람이 없는 것을 확인하고 늘어지게 낮잠을 자려는 모양이다. 나는 첫눈에 알아봤다. 저것이 여우라는 것을.

몰래 아내를 불러 보라고 했다. 아내는 처음 보는 여우가 믿기지 않는 모양이다. 라쿤(너구리 과)이라고 했다. 라쿤은 집 마루 밑이나 천장으로 들어가 난장판을 만들고 다닌다.

라쿤은 야행성 동물이다. 밤에 나타나 사람을 놀라게도 하고 먹잇감 지렁이를 찾느라고 잔디밭을 들쑤셔 놓기도 한다. 그러나 지금 눈앞에 있는 동물은 여우가 맞다. 캘리포니아 잿빛 여우다.

수일 전에도 한 번 보기는 했다. 그러나 확신할 수 없어서 여우 같은 동물이 뒷마당에 왔다 갔다고 했더니 아내는 여우가 아니라고 우겼다. 보지도 않았으면서 개나 고양이라고 했다. 그러나 나는 안다. 분명 개나 고양이는 물론 아니었고 라쿤도 아니라는 사실을. 주둥이와 꼬리를 보고 여우라는 걸 금방 알아차렸다. 여우는 호들갑을 떨지 않는다. 그러나 몸집이 날렵하게 생겼으면서도 쳐다보는 눈빛이 예사롭지 않다. 동물을 잡아먹고 사는 야성이 그대로 살아 있다.

오늘은 아주 가까운 거리에서 여우를 본다. 비록 야생에서 사는 동물이지만 기름이 자르르 흐르는 회색 털로 잘 단장한 몸매가 멋을 한껏 부린 애완동물 같다. 특히 짙은 검은색 긴 꼬리는 털이 풍성하면서 그 밑으로 엷은 털이 덥수룩하지만 반지르르한 게 조선기와 추녀처럼 치켜들고 있는 것이 매력적이다. 과연 여우꼬리는 탐이 날 만큼 토실토실해 보였다. 꼬리가 몸체에 비해서 과분수로 길고 큰 것은 뛰어 달리는 동안 그 특유의 긴 꼬리로 균형을 잡기 때문이다. 덕분에 정확성과 균형 감각을 잃지 않을 수 있다. 마치 꼬리가 부력(浮力)과 같은 역할을 한다. 날카로운 주둥이와 예리한 눈빛이 섬뜩하리만치 살기가 돈다.

여우가 뒷마당 텃밭에서 햇볕을 즐긴다는 게 신기하기도 하고 흥분되기도 했다. 조금이라도 더 머물기를 바랐지만, 여우는 그렇게 많은 시간을 허락하지 않았다. 무엇에 쫓기는 것도 아니면서 경계심 어린 눈빛으로 황급히 가 버렸다. 영리하고 교활한 여우가 마치 약속이나 하고 헤어진 것처럼 나는 다음 만날 날을 기다린다. 아름다운 여우를 기다린다.

여우가 여러 날째 빠짐없이 뒷마당에 나타난다. 짐작하건대 낮잠을 즐기는 장소로 지정해 놓고 오는 모양이다. 한여름 오후 5시면 노곤할 때도 됐다. 한바탕 늘어지게 자도 되겠건만 여우는 졸면서도 경계를 늦추지 않는다. 귀를 곤두세우고 무슨 소리가 나지는 안나 신경을 쓰는 것 같다.

여우는 왜 우리집에 와서 낮잠을 즐기려는 걸까? 여우도 살기에 얼마나 힘들고 고달프겠는가? 먹이가 거저 생기는 것도 아니고, 마음 놓고 편히 다닐 수 있게끔 사람들이 놔두지도 않는 환경에서 그날그날 살아간다는 것은 아마도 전쟁터를 거니는 것과 같은 나날일 것이다. 쌓인 스트레스도 풀 겸 잠시 쉬었다 가겠다는 심산이 분명하다.

여우가 뒷마당을 드나든 지 여러 날 됐다. 이왕에 우리집 뒷마당을 제집 드나들 듯 오고가는 여우인데 잘해 줘야 하겠다는 생각이 든다.

여우라는 이름이 좀 얄궂어서 그렇지 차근차근 살펴보면 예쁘고 귀엽다. 여우를 볼 때마다 긴장되고 초조하면서도 오래도록 머물기를 바라는 엉뚱한 마음은 왜 생기는 걸까?

여우가
뒷마당에 다시
나타났다

여우가 뒷마당에 다시 나타났다. 여름 한동안 드나들던 여우가 어디론가 사라졌다. 몇 달 동안 보이지 않았다. 나는 아예 가 버린 줄만 알았다. 그런데 다시 나타났다. 오랜만에 나타난 여우가 반갑다. 연말을 3일 앞둔 겨울 오전이다. 아내는 운동 가고 나 혼자 집에 있다. 나는 몰래 카메라를 꺼내 들었다. 짐작하건대 낮잠을 즐기려고 온 것은 아닌 것 같다. 아직도 오전인데 벌써 피곤하거나 졸음이 올 리는 없다. 여름에 낮잠을 즐기던 장소여서 잊지 못하고 들른 것 같다. 캘리포니아 회색 여우가 자신의 털색과 같은 회색 우드 데크(Wood Deck)에 앉아 있으면 자연 위장 효과가 나리라는 여우 같은 발상이 여우답다.

야생 여우가 뒷마당에 나타나는 것을 방치해도 되는 건지 의문이 생겼다. 알아봤더니 여우는 자신에게 위해를 가하려 들지 않는다면 인간에게 위험한 야생동물은 아니다. 맞서 싸우기보다는 주로 도망가는 동물이다. 때로는 쓰레기를 뒤지러 온다거나 개가 먹다 남은 음식을 먹으러 온다고 한다. 그러나 우리 집 뒷마당에는 그런 게 없다. 여우는 작지만 어엿한 포식 동물이어서 야성이 살아 있다. 자기보다 작거나 약한 동물에게는 맹수의 면모를 보여 준다. 어쩐지 우리집에 자주 드나들던 청설모나 고양이의 발길이 뚝 끊어졌다. 여우가 작은 애완동물을 먹잇감으로 착각할 수도 있다. 때로는 가축이나 쥐, 닭 같은 동물을 목적으로 삼는 경우도 있다. 여우가 각종 과일을 먹는 경우는 있어도 텃밭에 있는 채소를 먹지는 않는다. 아무런 해당 사유가 없는데도 들르는 것으로 보아 필경 쉬러 오는 것이 분명하다.

여우가 다시 나타나지 못하게 하려면 괴롭히는 수밖에 없다. 놀라게 하든가 훼방 놓아야 한다. 물론 동물 통제국에 전화하면 덫을 들고 나와 잡아갈 것이다. 그러나 꼭 그럴 필요가 있을까? 여우가 내게는 손님이나 마찬가지다. 저도 잠시 휴식을 취하겠다는데, 머물다가 피로가 풀리면 가겠다는데……

　여우는 영리하고 호기심이 많다. 반면 의심도 많다. 밤에 닭장에서 닭을 물고 갈 때 닭을 문 채로 자기 몸 위에 덮어씌워서 얼핏 보면 마치 닭이 혼자서 닭장 밖으로 뛰쳐나가는 것처럼 위장하는 등 위장술에 능하다. 우리나라에는 유독 여우 설화가 많다. 그만큼 여우가 흔했기 때문이리라. 우리나라에 서식한 여우는 붉은 여우다. 붉은 여우를 불여우라고도 하는데 일반적으로 여우 중에 고단수인 여우를 가리켜 불여우라고 일컫는다.

　불여우 중에 돌연변이 백여우는 귀해서 임금님만이 모피를 옷으로 이용했고 중국에 보내는 귀한 진상품이었다. 설화에서 백여우가 백년을 묵으면 꼬리 아홉 개 달린 구미호(九尾狐)가 된다. 구미호는 요물에 속하며 그 능력이 하급 신(神)에 가깝다. 여우는 사람을 홀리는 데 재주가 능해서 여우에 관한 설화가 고을마다 있기 마련이다. '여우 고개', '여우 바위', '여우 골' 이런 명칭이 많은 것도 여우의 요사스러운 변신이 만들어낸 설화들이 많은 때문이다.

일반적으로 남자는 늑대, 여자는 여우로 표현하는데 여우라는 상징이 귀엽다, 앙큼하다, 예쁘다는 의미를 지니기 때문이다. 여우는 영리하고 교활한 이미지를 갖고 있어서 관능적인 여성을 가리키는 은유로 쓰기도 한다. 중년의 여인이 자신을 늙은 여우라고 표현하면 은근히 과거 여우였음을 자랑하는 거다. 엉큼한 남자들이 여자 꼬실 때 써먹는 얄미운 짓거리를 여우 짓이라고 하기도 한다.

여우가 직접 땅굴을 파지 않는다는 설도 있다. 실제 여우의 머리는 비상해서 다른 동물이 파 놓은 굴을 이용할 수 있다면 구태여 힘들여 가면서 직접 굴을 파지 않는다. 그러나 먹이를 위해서 자신이 필요할 경우 굴을 파고 들어간다.

6·25 휴전을 앞두고 서울 돈암동에서 동대문시장엘 가려면 한성여고 옆으로 펼쳐진 능선을 따라 창신동 고개를 넘어 걸어가야 했다. 그때만 해도 능선을 따라 산소들이 꽤 있었는데 여우도 많았었다. 밤이면 여우 우는 소리가 들렸다. 나는 어려서 잘 몰랐지만, 할머니가 여우 우는소리라고 했다. 새로 조성한 산소는 구멍이 뚫려 있었다. 여우가 산소에 구멍을 뚫고 들어가 시체를 뜯어먹는다고 했다. 지금 생각해 보면 당시에는 사람도 먹을 게 없어서 굶어 죽는 판인데 여

우라고 해서 먹을 게 있을 리 만무하다. 여우도 오죽했으면 사람 사체를 먹었겠는가? 누가 가르쳐 준 것도 아닌데 여우는 산소에 구멍 두 개를 뚫는다. 엑스트라 구멍은 언제든지 도망갈 채비를 해 놓고 어두운 구멍으로 들어가겠다는 계산에서다. 여우는 그만큼 약은 동물이다. 여우를 사냥할 때는 한쪽 구멍에 자루를 씌워놓고 다른 구멍으로 연기를 들여보내면 숨이 막히는 여우가 도망가려고 튀다가 자루 속으로 뛰어들어 잡히고 만다.

그뿐만이 아니다 옛날에는 의술이 변변치 못해서 아이들이 많이 죽었는데 죽은 아이를 산에 묻고 오면 여우가 숨어서 보고 있다가 곧바로 아이 무덤을 파고 시체를 먹었다. 아이의 찢어진 옷을 물고 다니는 것을 보고 아이 무덤이 파손된 것을 알아차렸다. 아저씨가 장날 술에 취해 밤늦게 집으로 돌아오다가 여우고개를 막 오르는데 갑자기 여우가 나타나 앞뒤로 재주를 넘으며 사람을 홀리더라고 했다. 여우에 관한 이런저런 이야기들은 옛날 아이들을 긴장과 공포 속으로 몰아넣고도 남았다.

예전에는 여우 목도리라는 게 있어서 부잣집 여인들이 목에 감고 다녔다. 여우 목도리는 털이 달린 여우 가죽이지만, 주둥이부터 꼬리까지 통짜로 살려냈기 때문에 여우의 생생

한 모습이 고대로 드러나 있었다.

여우는 한반도에 흔한 동물이어서 그에 비유하는 말도 많이 생겨났다. "토끼 같은 자식들과, 여우 같은 마누라"라든가 "여우 같은 마누라와는 같이 살아도, 곰 같은 마누라와는 같이 못 산다"라는 속담도 있다. 섹시하고 요염한 여자, 애교를 살살 부려가면서 남자를 들었다 놨다 하는 여자, 같은 여자가 보기에도 "저년 꼬리 친다"고 욕먹을 짓을 하는 여자, 요부(妖婦) 소리를 듣는 여자들을 여우라고 한다.

여배우를 줄인 말로 여우(女優)를 쓰기도 한다.

서양의 이솝우화에도 여우는 꾀 많고 약은 동물로 묘사된다. 대표적인 예로 「여우와 두루미」 그리고 「여우와 신포도」가 그것이다.

심술꾸러기 여우가 두루미를 자신의 집으로 초대했다. 여우는 일부러 납작한 접시에 담긴 수프를 내놓았다. 두루미는 긴 부리로 접시의 수프를 먹을 수 없었다. 여우는 이 모습을 즐기면서 혼자 수프를 맛있게 먹었다. 이번에는 두루미가 여우를 초대했다. 두루미는 일부러 목이 긴 병에다가 고기를 넣어 맛있는 냄새를 풍겼다. 여우는 긴 부리가 없기 때문에 고기를 꺼내 먹을 수 없었다. 이 모습을 보면서 두루미는 맛있게 고기를 꺼내 먹었다.

남에게 상처를 준 사람은 언젠가 자신도 똑같은 상처를 입는다는 교훈이다.

「여우와 신포도」에서 여우는 높이 달린 먹음직스러운 포도를 보고 따 먹으려고 한다. 여러 번 점프해 보지만 닿지 못한다. 도저히 따낼 수 없음을 깨닫고 포기하면서 "저 포도는 분명히 시어빠져서 못 먹을 거야" 하고 돌아선다.

뒤집어 생각하는 지혜, 맛있는 포도라는 생각을 맛없는 포도라고 생각하면 먹고 싶지 않다는 지혜를 말해 준다. 돈이 많으면 행복하다를 돈이 없어도 행복하다고 뒤집어 생각하는 지혜를 가르쳐 주고 있다.

여우는 뒷마당에 와서 오래 낮잠을 즐기지는 않는다. 쉰다는 게 잠깐이다. 삼십분 이내이지만, 짧은 시간으로 충분한 행복을 주고 간다. 조용히 지켜보는 동안 조금은 흥분도 되고, 조금은 긴장도 되고 초조하다. 여우는 내가 지켜보고 있다는 것도 모르고 있을 테지만 나는 혼자서 별별 기분을 다 느낀다. 마치 소년이 짝사랑하듯이……

여우가 뒷마당에서
사랑에 빠졌다

　내가 한국에 나가 있을 때다. 아내한테서 메시지가 왔다. 여우가 뒷마당에 다시 나타났다면서 사진을 보내왔다. 이번에는 두 마리라고 한다. 어디서 짝을 찾은 모양이다. 내가 집에 있었으면 카메라로 선명하게 잘 찍었을 텐데 아내는 스마트폰으로 찍었다. 사진이야 어떻든 여우가 다시 찾아왔다는 것이 반갑다. 지난 연말 홀연히 나타나 내게 인사하고 사라진 여우는 다시는 오지 않았다. 이제나저제나 기다렸으나 기별은 없었다.

　이른 봄에 짝을 만났으면 좋았으련만, 초여름이기는 해도 짝과 동행이라는 것은 다행이다.

여우는 늦봄에 새끼를 낳는다. 일반적으로 집 폴치(Porch, 집에 연이어 지은 난간) 밑이나 우드 데크 밑에 굴을 파고 기거하면서 굴에서 새끼를 낳고 기른다. 보통 새끼는 3~4마리 나서 3개월 정도 기른다. 6개월이면 성숙해서 독립해 나간다. 그러나 우리 집에 보금자리를 만들어 놓은 것은 아니다.

우드 데크의 잿빛을 자신을 보호해 주는 색으로 인지하고 편안히 낮잠을 즐길 뿐이다.

대낮에 잠을 자려는 것으로 보아 어젯밤에 밤새도록 사랑에 빠졌나 보다. 둘이서 다정하게 따듯한 일광욕을 즐긴다. 두 마리가 서로 애정 표시로 털을 핥아 주기도 한다. 자주 드나들다 보니 사람과 눈이 마주치는 적도 있다. 처음에는 꺼리는가 싶더니 점점 느슨해진다. 보고도 못 본 척, 안 보고도 못 본 척했더니 해치지 않는 사람이라는 것을 인지한 모양이다.

밤에도 온다. 밤에 온 동물이 여우인지 확인할 수는 없다. 아내는 깊은 밤에 이상한 소리가 난다고 스마트폰으로 녹음했다. 마치 귀신이 내는 소리처럼 쒸-아-쒸-아- 하고 길게 끄는 소리다. 나는 여우 울음소리가 아니라고 했다. 내가 한국에서 어렸을 때 들어본 여우 울음소리는 '캥캥'거리는 소리로 기억한다. 그러나 녹음된 여우 소리라는 게 귀신이 날아갈 때 내는 소리 같다. 아내는 증명이라도 해 보이려고 인터넷에서 여우 우는 소리를 찾아서 두 소리를 비교해 들려준다. 아닌 게 아니라 '쒸-아' 하며 길게 이어가는 소리가 맞다. 여우가 이성을 부를 때 내는 소리라고 한다. 미국 캘리포니아 여우는 '캥캥' 울지 않는 것이 한국 여우와 다른 모양이다. 귀신 소리를 내는 여우가 사람과 친숙한 동물은 아니다.

여우는 머리통에 비교해서 귀가 유별나게 크다. 여우만 귀가 큰 게 아니라 노루, 사슴도 귀가 크다. 연약한 동물들은 방어수단이라고 해 봐야 고작 도망가는 방법밖에 없다. 빨리 도망가려면 빨리 상황을 알아차려야 하고, 잽싸게 행동해야 한다. 당연히 천적보다 커다란 귀를 가지고 경고음을 잘 들어야 한다. 여우나 노루의 귀는 레이더망처럼 180도 뒤로 돌릴 수 있다. 눈으로는 먹이를 보면서 귀는 뒤로 향해 있다. 뒤에서 오는 천적을 경계, 감시해야 하기 때문이다. 여차 하면 냅다 뛰어 도망갈 준비를 항시 하고 있다.

영국에는 도시에서 자생하는 여우가 많다. 여우가 도시에서 살면 낮에는 활동할 수 없으므로 밤에만 나다닌다. 어둡고 침침한 굴속 같은 곳에서 살기 때문에 더럽고 지저분하다. 시커먼 때가 묻어 있는가 하면 꾀죄죄하기로는 거지가 따로 없다. 밤이면 쓰레기통을 뒤지거나 버려진 음식 쓰레기를 찾아 헤맨다. 개체 수도 많아서 사람들로부터 괄시받는 신세다. 때로는 로드킬도 발생한다. 들고양이나 도둑고양이처럼 밤에 살금살금 나타나 여기저기 배설물을 흘리고 다닌다. 냄새가 고약해서 사람들이 좋아하지 않는다. 여우를 몰아내려고 전쟁을 벌이기도 한다.

그러나 우리집에 드나드는 여우는 괄시받는 지저분한 여우가 아니다. 사람이 먹다 버린 쓰레기나 주워 먹는 치사한 여우가 아니다. 여우 본연의 예민성과 야성을 간직하고 있고, 영리함과 지혜는 물론 교활함이 가득하다. 눈빛이 팔팔하게 살아 있는 여우다.

여우는 성격이 예민하고 스트레스에 약하다. 긴장감이 몸에 배어 있다. 6월에 잠시 드나들던 여우 한 쌍이 어디론가 사라졌다. 다시 오지 않는다. 보금자리를 차렸길 바란다. 2세를 낳아 기르다가 새끼들을 데리고 나타났으면 좋겠다. 가족이 생겼다고 내게 인사차 들렀으면 하는 마음 간절하다.

PART 4.

또 다시 한국에서

꽃차

진달래가 막 피기 시작한 봄날이다.

지리산 불일암 가는 길에 봉명산방(鳳鳴山房)에 들렀다가
은은한 감명을 느꼈다. 그 후, 언젠가는 사랑하는 아내와 함
께 다시 찾아가 보려고 마음속 깊이 아껴두고 있는 비밀스
러운 산방이 되고 말았다. 산방은 '봉황 봉(鳳)에 울 명(鳴)'을
썼으니 봉황의 울음소리가 들리는 산장이라는 뜻이 되겠다.
국가 휘장에 그려 있는 새가 봉황이다. 상상의 새인 것이다.
이 새가 세상에 나타나면 천하가 평화롭다 했다.

쌍계사를 지나 산방으로 올라가는 길가에 진달래꽃이 군
데군데 무리지어 피어 있다. 양지바른 쪽 진달래꽃은 활짝

피어 있는데 선명한 분홍색이 아기 입술처럼 해맑고 가냘프다. 아침 햇살을 받으며 환하게 웃고 있는 꽃들이 진정 행복해 보인다.

햇빛이 솔잎 사이로 빗살무늬를 그리며 쏟아지는 흙길을 따라 산 굽이를 두어 번 돌아가야 산방이 나온다. 봉명산방 마당에는 한반도 지도 모양을 본뜬 연못이 있는데 이름 하여 '반도 못'이라고 했다. '반도 못' 주변에는 바위와 작은 소나무가 어우러지게 배치되어 있고 사이사이에 진달래꽃도 피어 있다. 봉명산방 툇마루 벽에 족자 하나가 걸려 있는데 족자에는 아이 팔뚝만 한 어탁과 함께 글이 실려 있다.

주인장이었던 석전 변규화 옹이 쓴 「피리의 천수를 송함」이라는 시였다. 시는 '피리'라고 하는 물고기가 '반도 못'에서 남북을 자유로이 오고 가다가 25년의 천수를 다하고 생을 마쳐 화선지에 어탁을 떠서 걸어 놓고 너를 회상한다는 이야기이다.

진달래꽃이 '반도 못'에 영상을 그려내 한반도가 온통 진달래꽃으로 물들었다. 꽃이 만발한 한반도를 유유히 남북으로 오고가던 '피리'의 전성기를 떠올려 보았다. '피리'는 가고 그의 후손들만 진달래꽃으로 덮인 '반도 못'을 거닐고 있다. 물고기의 수명이 25년이나 된다는 걸 그때 처음 알았다. 물고기에게는 휴전선이 없다는 것도 그때 처음 알았다.

산방 뒤뜰에는 장독대가 있고 장독뚜껑 위에는 꽃잎들을 널어 말리고 있었다. 어탁족자가 걸려있는 툇마루에 걸터앉아 산방지기 아낙에게 차를 주문했다. 아낙은 꽃차를 소반에 받쳐 들고 나왔다. 귀한 손님에게만 대접한다는 목련꽃차를 처음 맛보았다. 목련꽃으로 차를 만든다는 것도 처음 알았다. 찻잔에 차는 칠 홉쯤 담겨 있고 손가락 마디만 한 목련이 떠 있다. 갓 피어난 목련꽃을 따서 그늘에서 열흘 정도 말린 다음 차꽃으로 쓴다고 했다.

꽃송이를 담은 찻잔은 은근한 온기가 감돌았다. 찻잔을 입술에 대고 얕은 호흡으로 향을 음미했다. 은은한 목련향이 감미롭다. 꽃을 우려낸 차 한 모금을 입에 넣고 맛을 감상했다. 향이 날숨을 따라 코끝에서 향기를 전한다. 두 번째 우려낸 향이 더 진하다고 해서 조금 기다렸다가 우려낸 차를 마셨다. 다시 온화한 향기가 목줄에 가득하다. 입안이 온통 호사스럽다. 격과 운치를 겸한 비밀스러운 산방을 나 혼자서 즐기기에는 너무나 아까웠다. 아껴 두었다가 어느 날 사랑하는 아내와 함께 다시 찾아와야겠다고 마음먹었다.

어느덧 찻놀이에 빠져 세월을 잊었다. 차가 식기 전에 찻잔을 입술에 대고 향을 맡는다. 향이 후각을 자극하면서 잊고 있었던 시 한 구절이 떠오른다.

벗이여 차를 따르게
차는 반만 채우고 반은
그대의 정을 채우게
나는 그대의 정과 차를
함께 마시리……

인생
염색

외모를 완성해 주는 머리 깎기는 매우 중요하다.

미국에서 살다가 한국에 오면, 제일 먼저 이발부터 한다. 한국에서 이발을 하고 나면 한 인물 나아져 보이기 때문이다. 머리를 어떻게 깎느냐에 따라서 이상야릇하게 보일 수도 있고 젊게 보일 수도 있다. 내가 애용하는 이발소는 목욕탕 안에 있다. 이발사가 목욕탕 영업시간에 맞추어 일주일 내내 쉬는 날도 없이 새벽부터 밤까지 일해야 한다고 했다. 목욕탕에 있는 이발소는 머리 깎고 곧바로 목욕하러 들어가야 하니까 옷을 다 벗고 이발 의자에 앉는다. 남탕이어서 남자들만 있다고는 하지만 발가벗고 이발 의자에 앉아 있기는 좀 민망하기도 하고 쑥스럽기도 하다. 이런 분위기에 단련되었다면 별것 아니겠지만, 나처럼 미국에서 살다가 모처럼 한국에 나와 어쩌다가 빨가벗고 이발하려면 이상야릇한 기분이 들기도 한다. 요즘 사람들은 부끄러움은 다 도둑맞아 없어졌는지 발가벗고도 뻔뻔스럽게 행동한다.

이번에도 한국에 오자마자 더위를 무릅쓰고 목욕탕으로 향했다. 더워서 죽겠는데 목욕은 무슨 목욕인가 하겠지만, 머리를 깎으려면 이발소가 목욕탕 안에 있으니 나로서는 선택의 여지가 없다. 땀을 흘리면서 목욕탕까지 걸어갔다. 공교롭게도 문이 닫혀 있다. 수리 중이란다. 작은 사인을 읽어 보니 뭐 11월에나 가야 문을 연단다. 무슨 놈의 수리를 몇 달씩 하나? 아마도 다 뜯어내고 뭐 딴 수작을 부릴 모양이다. 보나마나 가격을 높이 올려 받으려 들겠지 하는 생각이 들었다. 그 안에서 일하던 이발사는 뭘 먹고 살라고 몇 달씩 문을 닫겠다는 건지 내가 다 걱정이다.

그러나 저러나 큰일이다. 동네를 한 바퀴 돌아다녀 봤지만 이발소는 없다. 이 지역 인구분포도 남자가 절반일 텐데 어찌된 게 미장원은 넘쳐나는데 이발소는 없다. 남자들은 어디서 머리 깎는지 나로서는 짐작이 안 된다. 기껏 떠올린 게 낙

원동 실비극장 근처에 싸구려 이발소들이 있다는 것이다.

대한민국에서 가장 싸다는 이발소가 몰려 있는 종로3가로 향했다. 동네 목욕탕 이발소는 이발에 염색까지 하고 나면 2만 원을 줘야 한다. 2만 원 주고 깎은 머리는 깎기 전 모양을 고대로 살려 놓는다. 머리는 깎았으되 얼굴 모습은 그대로다. 종로3가 싸구려 이발은 9천 원이면 머리 깎고 염색까지 한다. 반값도 안 된다. 싸다는 것처럼 매력적인 건 없다. 싸고 좋으면 더할 나위없겠건만, 세상에 그렇게 좋은 떡은 없다. 그저 싸고 먹을 만하면 되는 거다. 싸구려 이발소에는 사람이 늘 북적인다. 마치 떨이 물건 파는 장사꾼 같기도 하고, 군대 훈련소 이발소처럼 빨리빨리 해치우기도 한다. 그렇다고 못 봐 줄 정도는 아니다. 싸구려 이발소에서 머리를 깎고 나면 치켜 깎는 바람에 애들 상구머리 같다. 상구머리를 하고 나면 얼굴이 달라져 보인다.

멋에 신경 쓰지 않는 나이가 돼서 아무렇게 깎아도 상관없다. 야구 모자 쓰고 다니는 데 아무려면 어떠냐.

나이 들어 좋은 점은 속이 편하다는 거다. 이래도 그만 저래도 그만인 것이 남들이 나를 쳐다보지 않으니 신경 쓸 것도 없기 때문이다. 돌이켜 보건대 그러면 젊어서는 남이 나를 쳐다볼 만큼 인기가 있었단 말인가? 그래서 돈 비싸게 주고 머리를 깎았단 말인가? 그렇지는 않았을 것이다. 그때나 지금이나 관심을 가지고 날 쳐다보는 사람은 없다. 그런데도 젊었을 때와 늙어서 생각을 달리하는 까닭은 기대와 바람이 다르기 때문이리라. 젊어서는 주목받는 인생, 쳐다봐 주기를 바라는 마음이 밑바닥에 깔려 있었고, 은근히 기대했었다. 늙은 지금은 기대해 봤자 헛것이라는 걸 알고 포기하고 살기 때문이다.

어쨌거나 머리 깎고 염색하고 나면 젊어 보이는 것은 사실이다. 한 십년 젊어 보이면 마음도 젊어진다. 머리 염색은 결국 인생을 젊게 염색하는 것이다. 머리 염색하고 나면 인생이 염색되고, 인생이 염색되면 욕망도 염색된다. 비록, 염색된 욕망일망정 욕망은 꿈도 꾸게 한다. 꿈은 젊은이들의 전유물처럼 들리지만, 늙었다고 꿈이 없으란 법은 없다. 늙은이는 꿈을 가지고 있어도 선뜻 대놓고 말하지 못한다. 잘못 말했다가는 조롱거리가 되기도 하고, 비웃음의 대상이 될 수도 있다. 설혹, 친한 친지에게 꿈을 사실대로 말하면, 입가에 미묘한 미소부터 지어 보인다. 긍정의 미소인지, 부정의 웃음인지 알 수는 없으나 그 웃음이 힘이 되지 못하는 것으로 보아 긍정은 아닌 것 같다. 아주 친한 친구는 아예 까놓고 소리 지른다.

"야! 꿈 깨."

친지나 친구의 눈에도 염색된 꿈으로 보여서 그러나 보다. 몇 번 당하고 나면 꿈이 있어도 말하지 못한다. 늙으면 꿈이 있으되 드러내놓지 못하는 꿈이어서 슬프다. 그러거나 말거나 나는 나대로 갈 길을 가겠다는 배짱이 생기는 구석이 있으니, 이것이야말로 늙어야만 부릴 수 있는 아집이라 하겠다.

머리를 염색하고 나오면서 생각해 본다. 머리 염색이 인생을 염색하고, 꿈까지 염색하는 것은 사실이다.

염색된 인생을 사는 나로서 꿈도 염색되었다지만, 스스로도 그렇다고 생각하지만, 그래도 염색된 꿈일망정 꾸고 있는 동안은 행복하다. 행복은 현재를 즐기는 것이니까.

치매
여행

친구 따라 친구 만나러 한없이 달렸다.

달렸다고는 해도 한가하게 경치나 보면서 편안히 차를 타고 간 게 아니다. 몇 호선인지 기억은 나지 않지만, 전철 한 시간 반이나 타고, 버스로 갈아타고 또 한 시간을 달려서 그 다음 작은 버스로 갈아타고 갔더니 '보리수 치매 요양원' 문 앞에 정차했다. 멀기도 했지만, 이리저리 끌려 다니느라고 어디를 어떻게 갔는지 모르겠다. 미로를 헤매다가 도착한 곳이 치매 환자들이 모여 있는 요양원이다. 오후 한나절을 소비하면서 애써 찾아갔다 왔지만 내가 치매에 걸린 것처럼 가는 길도 오는 길도 기억나는 게 없는 치매 여행이었다.

나를 보리수 요양원까지 데리고 간 친구는 학교 다닐 때 반에서 반장하던 친구다. 늙어 다 죽을 때가 돼서도 여전히 반장 노릇을 톡톡히 하고 있다. 약속한 전철역 1번 출구로 나갔다. 어떤 낯익은 사람이 웃으면서 다가온다. 모르는 사람이 나를 보고 웃을 리는 없고, 동창을 만나기로 했으니 동창 중의 한 사람일 것이다. 나도 아는 얼굴임에는 분명한데 기억이 나지 않는다. 손을 잡고 한참 흔들었다.

"이름이 뭐지?"

"안×관."

"아, 너구나! 공부 잘하던 안×관!"

그제야 진짜 반가움이 와락 다가온다. 얼굴에서 어릴 때 모습이 그려진다. 반세기 만에 만나는 동창이다. 동창 세 명이 치매 걸린 동창을 만나러 간다. 요양원은 훌륭해 보였다. 친구는 휠체어에 앉아 부인의 손에 이끌려 나왔다. 손을 잡고 내 얼굴을 친구 코앞에 들이대고 "내가 누구니" 하고 물었다. 웃고만 있다. "나 재동이야" 했다. "신재동" 한다. 알아보는 눈빛에 울컥 서러움이 다가온다.

부인이 친구를 대신해서 말해 준다. 아침에 "동창들이 온다고 했는데 추접하게 보이면 어떻게 하지?" 하면서 걱정하더란다. 치매에 걸렸어도 아직은 오락가락한다. 친구를 방문하기로 한 것도 아주 정신을 놓기 전에 만나 보기로 했던 거다. 친구는 휠체어에 앉아 말없이 미소만 짓고 있다. 치매에 걸려서 말이 없는 게 아니라, 원래 말이 없던 친구다. 부인이 오랫동안 같이 살았으니 친구에 관해서는 누구보다도 잘 알 것이다. 부인은 친구가 젊어서도 말이 없어서 얼굴 표정을 보고 속마음을 읽는다고 했다.

그렇다. 친구는 말이 거의 없어서 내가 끌고 다니는 대로 끌려 다녔던 친구다. 무전여행도, 캠핑도, 등산도 같이 다녔지만, 친구는 이견을 내는 일이 없었다. 지금에서야 알겠다. 왜 친구는 말이 없는 인생을 살았는지. 친구는 아주 어릴 때 엄마를 잃었다. 아버지도 잃었다던가? 형수님 밑에서 자랐다. 형수님한테 떼를 쓸 수는 없는 노릇이었을 것이다. 말 잘 듣는 아이라야 살아남을 수 있다는 것을 일찌감치 온몸으로 터득했을 것이다. 말없이 순응하며 사는 게 몸에 배어 있다. 말을 대놓고 하지 못하는 만큼, 속으로는 무엇인가 벼르는 것이 인간의 심리다.

친구가 공부를 열심히 했던 것이, 자식들 공부를 잘 시킨 것이 다 그런 환경적 요인과 배경에서 비롯되었다는 것을 미루어 짐작해 볼 수 있다.

나는 말로만 듣던 치매, 연속극에서나 보았던 치매 환자를 실제로 보기는 처음이다. 사람들이 무서워하는 병이 치매라는 것은 익히 들어 알고 있었지만, 막상 기억을 잃어버린 친구가 앞에 앉아 있는 것은 참으로 비극이다. 파킨슨 증세까지 나타나 팔다리도 쓰지 못한다. 친구가 치매 증상을 보이기 시작한 지도 십 년이 다 됐다.

한번은 전철역에서 만나 옛날 애들 적 이야기를 나눴던 일이 있다.

중학교 때 일이다. 하루는 친구가 얼굴이 다 긁힌 상처를 해 가지고 등교했다. 어떻게 된 일인지 궁금했다. 알고 봤더니 신설동 경마장에서 승마를 배우다가 떨어졌단다. 세월이 흘러 늙은이가 돼서 만났다. 그때 그 이야기를 해 주었는데 진작 본인은 기억하지 못한다. 참으로 망각이란 자신을 자유롭게 하는구나 하는 생각이 들었다. 잊어버리는 기능이 없다면 속 터지는 일들을 어찌 다 감당하겠는가. 하나님은 참 공평하셔서 늘 삶의 균형을 잡아 주시는구나 하고 좋게 생각했다. 지금 와서 생각해 보니 옛일을 기억 못 하던 그때 친구는 이미 치매기가 있었던 거다.

돌아오면서 생각해 본다. 애들 적엔 공부 잘하는 친구가 부럽더니, 이십대엔 금수저가 부러웠다. 어떻게 태어나느냐가 인생을 좌우한다고 믿었던 때도 있었다. 살면서 금수저가 아니라 노력하는 만큼 변한다는 것도 터득했다. 그러면서도 돈 많은 부자가 부러워지는 건 어쩔 수 없었다. 죽을 때가 가까워지면서 곱게 늙다가 곱게 죽는 것만 한 복도 없다는 생각이 든다. 꿈도 소망도 시대 따라 철따라 변한다. 엄청나게 부럽던 것들이 다 사라진 것도 희한하지만, 새로운 꿈과 소망이 생기는 것도 희한하다. 욕망과 꿈의 재배치는 어디서 오는 걸까?

매일 저녁 같은 길을
오고 간다

　매일 저녁 같은 길을 오고 간다. 갈 때 본 것 올 때 보고, 올 때 본 것 내일 또 보고, 보고 또 보는 게 운동길이다. 똑같을 것 같지만, 자세히 보면 다 다르다. 오늘은 일몰이 아름다웠다. 붉은 태양이 나뭇가지에 걸려 넘어가지 못하려나 했더니 그냥 넘어간다. 카메라 꺼내 들고 노려볼 틈도 주지 않고 금세 넘어간다.

　걷다 보면 땀이 비 오듯 흘러내린다. 권투 선수 땀 흘리듯 그렇게 흘러내린다. 땀은 머릿속에서 흘러내려 눈으로 들어가 눈을 따끔따끔하게도 하고 뒤통수로 흘러내려 마치 지렁이 기어가듯 간질이기도 한다. 늘 땀 닦는 수건을 주머니에 넣고 다녔는데 오늘은 그만 카메라를 꺼냈다 넣었다 하다가 어딘가에 떨어트리고 말았다. 손으로 땀을 닦으면 닦으나마나 금방 다시 흐른다.

어제 보지 못했던 물오리가족이 오늘은 눈에 띈다. 농수로를 따라 일렬로 줄을 지어 이동하는 모습은 보기도 좋다. 엄마 오리가 앞장서고 새끼오리들이 줄을 서서 따라가는 모습은 한 폭의 동양화를 보는 것 같다. 분명, 주인 없는 야생오리 같아서 보살펴 주고 싶은 마음이 들기도 하고, 어디서 겨울을 나며 어디서 부화하는지 궁금하기도 하다. 도심 속 야생오리? 어쩌면 호수에서 잠시 나들이로 농수로를 따라 올라왔는지도 모른다.

오리라고 해서 세상사 궁금한 게 왜 없겠나? 호수보다 좋은 환경을 찾아 나섰을지도 모른다. 그러나 오리보다 한 수 위인 내가 보기에는 이 근처에서는 호수가 가장 훌륭한 지역이라고 말해 주고 싶다.

호수 떠나면 고생뿐이다. 사람도 고향 떠나면 고생하듯이.

가다 보면 샘물이 땅에서 솟아나는 곳이 있다. 겨울에도 멈추지 않고 흘러나오더니 여름이라고 해서 더 많이 치솟는 것도 아니다. 옛날 같으면 이곳에 우물을 파서 식수로 사용했을 법한 샘물이다. 그냥 버려지는 샘물인 줄 알았더니 샘물이 제 몫을 한다. 이름 모를 새들이 목을 축이고 있다. 새들도 위생상 좋지 않은 농수로 물은 마시기 싫은 모양이다. 깨끗한 물을 찾아다니는 걸 보면 맛을 아는 것 같다.

어쩌면 새들이 인간보다 물맛을 더 잘 알 수도 있다. 새들은 색깔을 구분할 줄도 알고 아름다운 꽃을 구별해 내는 능력도 갖추고 있는데 하물며 물을 보고 마실 만한 물인지 왜 모르겠나? 옛날에는 먹을 게 없어서 참새도 잡아먹었는데 지금은 먹을 게 넘쳐나다 보니 새를 봐도 잡으려 하지 않는다.

세월이 좋아지니 새들도 평화와 풍요를 공유하고 있구나 하는 생각이 든다.

저녁이 늦었는데 수녀님이 앞서서 부지런히 걸어간다. 운동 삼아 걷는 것 같지는 않고, 갈 길이 늦어진 모양이다. 친구 중에 독실한 천주교 신자가 있다. 신앙이 조상 때부터였으니 친구도 독실할 수밖에. 아들이 둘이었는데 내 친구는 장남이니까 집안농사를 이어 받았고, 둘째는 신부님이 되었다. 친구가 고등학교에 다닐 때 부모님이 동생을 신부가 되는 성심중학교에 입학시켰다. 친구는 고민이 많았다. 농사만 지으시던 부모님이 신앙에 빠져서 한 사람의 인생을 결정짓는 게 올바른 결정인가 하고…….

세월이 흘러 친구 동생은 주교님이 되었다. 그런데 친구는 또 고민에 빠졌다. 아들 하나에 딸이 셋이다. 명절 때면 주교님이 집에 오신다. 친구는 주교님을 볼 때마다 민망해했다. 마치 욕심이 많아서 자식이 넷이나 되면서 하나도 출가시키지 않는 것처럼 비치기 때문이었다. 딸 중에 막내딸이 가장 착하고 예쁘다. 서강대 대학원에서 철학을 공부하더니 어느 날 수녀원에 가겠다고 했다. 친구는 또 고민했다.

그래도 이번에는 좀 낫다. 알 만큼 다 커 버린 자식이 스스로 결정했기 때문이다. 막내딸은 수녀가 되어 지금은 필리핀인가, 로마 교황청인가에 가 있다. 앞에 걸어가는 젊은 수녀님을 보면서 생각나서 적어 보는 거다.

전철 속에서
늙어 가는 인생

서울에서 3호선 전철을 탔다가 깜짝 놀랐다. 내가 무당집에 들어온 건 아닌가? 차 안이 온통 빨갛다. 너무 빨개서 정신이 혼란스럽다. 자리에 앉아 정신을 가다듬었다. 코카콜라 선전이다. 전철 안을 온통 코카콜라 빨간색으로 도배해 놓았다. 다른 건 아무것도 없다. 천장과 유리창만 빼놓고 전체가 빨갛다. 특히 바닥 전체를 빨갛게 해 놓았으니! 그리고 의자 옆구리 공간마다 빨간색투성이다.

전통적으로 광고가 붙어 있어야 할 자리에는 코카콜라 광고뿐이고 아무튼 코카콜라 독점이다. 누가 이런 광고를 제

안했으며 누가 받아들이라고 했는지 그 사람 참 용감한 사람이다.

시민들의 투정을 어찌 다 받아내려고 용단을 내렸는지 기가 막힌다. 무엇이든지 과하면 모자라느니만 못하다 하지 않았던가. 이건 과함을 넘어 넘쳐난다고나 할까? 다른 칸도 이렇게 꾸몄나 하고 들여다 봤다, 이 칸만 그렇다. 때로는 사람을 놀라게 하는 방법도 여러 가지다.

노인석에 앉아 있는 내 옆에는 뼈만 남은 것처럼 보이는 할머니가 앉았다. 손에는 전철 카드를 들고 앉아서 꾸벅꾸벅 졸고 있다. 저러다가 카드 떨어트려 잃어버리지 하는 염려 때문에 내가 다 불안하다. 조금 있다가 내게로 폭 쓰러졌다. 앞자리에 앉아 보고 있던 할머니 세 분이 깔깔대고 웃는다. 잠에서 깨어나 상황을 파악한 할머니가 어젯밤에 잠을 못 자서 그렇다고 웃으면서 변명한다.

연신내 시장에는 먹고 싶은 게 많다. 호박꽃은 똑똑해서 꽃술에 꿀칠을 해 놓고 벌을 꼬신다. 반찬 가게도 먹음직스럽게 해 놓은 것이 마치 호박꽃술에 꿀칠 같다. 반찬 중에 가장 싼 무채무침 하나 이천 원에 샀다. 생선전이 먹고 싶어도 지난번에 가시 골라내느라고 애먹던 생각이 나서 그만뒀다. 동그랑땡 전이라고 하는 것도 있는데 지난번에 먹으면서 이 고기가 먹을 만한 고기로 만든 건지 어떤지 괜한 의심이 들어서 이번에는 그만두기로 했다. 채소가게에 들러 보라색 양배추를 뭐라고 부르느냐고 물어보았다. 적채라고 한단다. 오다가 금세 잊어버릴 것 같아서 비닐봉지 겉에다가 적채라고 써 달라고 했다. 적채 두 덩어리, 무채, 달걀 한 타를 들고 오느라고 팔죽지가 늘어나는 줄 알았다.

경로우대여서 전철은 공짜라고 하지만, 돈 오천 원 아끼려고 시간 없애면서 멀리까지 가서 사 올 만한 가치가 있느냐? 물어올 수도 있다. 그러나 싸게 살 수도 있는데 구태여 돈 더 주고 사면 기분이 안 좋다. 돈으로 치면 별것 아니지만, 기분으로 치면 별거다. 기분에 죽고 기분에 산다고 했다. 나는 돈 주고도 살 수 없는 기분을 중요시한다.

아침에 일어나 기분 좋으면 온종일 기분 좋다. 다 늙은 나이에 누가 날 기분 좋게 해 주겠는가? 젊었을 때, 기분 좋아 친구 술도 사주고 여급 팁도 주던 날도 있기는 있었다. 노인은 감정이 일 년에 8%씩 감소해 간다고 한다. 메말라 간다는 말이다. 조그만 기분이라도 살릴 수만 있다면 먼 길도 마다하지 않고 가는 이유다.

오는 길에 옆에 또 바싹 마른 할머니가 얼굴을 다 가리고 눈만 빠끔 내놓는 커다란 마스크를 쓰고 졸고 앉아 있다. 여지없이 내게로 쓰러지려다가 바로 서기를 반복한다. 앞에 앉아 있는 노인들도 모두 눈을 감고 있다. 노인들은 밤에 제대로 잠을 못 자서 그러나 전철만 타면 존다.

낮에 전철을 타면 노인들이 많다. 노인들 지정석이 넘쳐나서 일반석도 차지한다. 나는 전철 좌석에 말없이 앉아 있는 노인들을 볼 때마다 초라하게 보인다. 가련하게도 보인다. 무엇이 그들을 초라하고 가련하게 보이게끔 만드는가? 할 일 없는 노인들이 공짜 전철을 타고 하염없이 달리고 있기 때문이다. 전철 속에서 늙어 가고 있는 모습이 가련해 보이는 것이다.

불과 우리 윗세대만 해도 아들 선호 세대였다. 아들 없으면 큰일 나는 줄 알고 아들, 아들 했었다. 노후에 아들과 같이 살아가야 했기 때문이다. 아들 집에서의 시어머니는 큰소리 땅땅 치면서 살았다. 아들이 없는 사람은 딸네 집에 얹혀 살아야 했다. 얹혀사는 신세는 초라한 신세로 보았다. 본인은 초라하지 않다고 해도 통념상 딸네 집 얹혀살면 초라하게 보이는 거다.

처가살이를 해도 초라하게 보였다. 오죽하면 겉보리 서말이면 운운했겠는가. 오늘날 노인들이 전철을 타고 다니는 모습이 마치 딸네 집에 얹혀 사는 신세처럼 보인다. 전철이 아들 집이 못 되고 딸네 집이 된 까닭은 무엇인가?

정정당당하게 전철승차 요금을 치르고 탔다면 이렇게까지 초라해 보이지는 않을 것이다. 공짜여서 좋기는 하지만, 공짜에는 대가가 따르기 마련이다. 자존심 상하는 대가를 치러야 한다. 전철에 앉아 있는 노인들은 하나같이 웃음을 잃었다. 아니 웃음에 인색하다. 가난을 벗어나기 위해 긴 질곡을 헤쳐 오면서 얻은 고생의 흔적이 얼굴에 훈장처럼 남아 있음에도 불구하고 활기를 잃은 얼굴, 웃음을 다 도둑맞은 얼굴이다. 입고 있는 옷마저 깨끗하게 빨아 입기는 했으되 옛날 옷이다. 낡고 칙칙한 색이 초라하고 없어 보인다. 초라하고 칙칙해 보이면 업신여김 당하기 마련이다.

내가 초등학교 3학년 때의 일이다. 서울에 있는 혜화초등학교에 다녔는데 정말 가난했으므로 가난이 뚝뚝 떨어지게 입고 다녀야만 했다. 책도 보자기에 싸들고 다녔다. 3학년까지는 남녀 학생이 짝으로 앉았다. 누군가 방귀냄새를 풍겼다. 아이들은 모두 나를 쳐다본다. 나는 아닌데, 정말 아닌데, 모두들 나를 주목하고 있으니 얼굴이 달아올랐다. 아무도 뭐라고 하지는 않았다. 하지만 나는 무언중에 범인이 되고 말았다. 누추하게 입고 있었다는 이유 하나만으로 범인으로 지목되고 만 것이다. 뒤늦게 내가 아니라고 말했지만 아무도 들어주지 않았다. 누추하고 초라해 보이면 당할 수밖에 없다.

어차피 노인들이 귀해서 대우받는 세상으로 되돌아갈 수는 없는 일이 아닌가? 그렇다면 스스로 대우받는 인생으로 변신해야 하지 않겠나!

선진국 노인들이 자기본분을 지키는 삶을 유지하는 까닭은 자아의식이 살아 있기 때문이다.

전철 안에서 눈 감고 멍하니 앉아 시간 아까운 줄 모르는 것처럼 처량한 신세는 없다. 이왕에 전철 안에서 늙어 가는 인생, 이제 와서 어쩔 수 없는 일이라면 최소한도 누추하게 입고 다녀서는 안 될 것이다. 색깔이라도 밝고 환한 색으로 골라 입었으면 하는 바람이다. 구두도 광이 나게 닦아 신고.

인간의 눈이란 요상해서 옷만 바꿔 입어도 사람이 격상되어 보이기 마련이다. 처량하게 보이지 않기 위해서는 젊은이들처럼 스마트폰을 들여다보고 게임을 한다든지 아니면 신문이라도 읽는다든지, 하다못해 잡지라도 들춰보면서 앉아 있었으면 할 일없는 노인처럼 보이지는 않을 것이다. 눈이

나빠 책을 읽을 수 없다면 귀에다가 이어폰을 끼고 음악이라도 듣고 있다면 할 일 없는 노인으로 취급당하지는 않을 것이다.

어차피 전철 안에서 늙어가는 인생, 몸도 마음도 관리해야 아름다운 100세를 누릴 게 아니냐?